AF284090

Marion Jana Goeritz

Die wunderbare Josepha

Bibliografische Information der Deutschen Nationalbibliothek:

Die Deutsche Nationalbibliothek verzeichnet diese Publikation in der Deutschen Nationalbibliografie; detaillierte bibliografische Daten sind im Internet über http://dnb.dnb.de abrufbar.

Coverbild von:
OpenClipart-Vectors auf Pixabay

Herstellung und Verlag: BoD – Books on Demand, Norderstedt

ISBN: 978-3-7504-5232-9

Inhaltsverzeichnis

Die wunderbare Josepha

Josepha ist in einem Alter, in dem man sich vieles erlauben darf. Ihre Arbeitsjahre liegen hinter ihr und ihr Ruhestand bekommt ihr gut. Zu Anfang jedoch, war das anders. Die viele freie Zeit füllen, die sie vorher in der Firma verbracht, war schwieriger für sie, als gedacht.

Josepha wohnt in einem Haus am Stadtrand und geht sehr gern im schön angelegten Park spazieren, doch die allein gängigen Spaziergänge stellen sie keinesfalls immer zufrieden. Gern hält sie sich überall in der Natur auf, im Wald, auf Wiesen, am Wasser und so eben auch am Fluss und dort kommt ihr die Idee, Steine zu sammeln. Sie kauft sich

Farben und Pinsel und beginnt die gesammelten Steine zu bemalen. Selbst von ihrem Tun so erfreut, glaubt sie nach einer gewissen Zeit, auch andere Menschen könnten sich an den bemalten Steinen erfreuen und lässt sich so, etwas Schönes einfallen.

Inspiriert zu diesem Buch hat mich eine sehr reife, freundlich ausschauende Frau, welcher ich ab und an begegne. Sie ist nie allein unterwegs, sondern in liebenswerter Gesellschaft ihres Hundes. Irgendwie berührt mich die Energie dieser Frau. Zu Anfang waren es nur ihre dunklen Augen, welche mir auffielen, doch sprachen wir ab und an ein paar Worte, bemerkte ich immer wieder, was sie wohl auch an Sorge gerade trägt, von der sie mir etwas erzählt, so trägt sie doch ein bezauberndes Lächeln auf ihrem Gesicht, das aus der Tiefe ihrer Seele in die Welt strahlt.

In einer unser Begegnung, die nach langer Zeit erst wieder stattgefunden hatte, gestand ich ihr, das ich mich doch etwas gesorgt hatte, und fragte, ob hoffentlich alles gut sei. Doch ich wurde durch ihre Energie belehrt, mir keine Sorgen zu machen, ihr Tonfall machte mir dies sehr deutlich.

Wochen später begegneten wir uns wieder. Ich verstand, wenn auch erst etwas später, was es für mich zu bedeuten hatte.

So fühle ich, ihre Stärke ist es, was mich doch berührt. Glaubte ich, Liebe und Stärke dies könne einander ausschließen, fühle ich es nun anders. Im Gegenteil durch die Liebe, welche in einem Menschen wohnt, erkennt der Mensch erst seine Stärke.

Die Geschichten, die in diesem Buch eine Heimat gefunden haben, sind frei erfunden. Dennoch möchte ich gern dieses Buch, dieser mir unbekannten Frau widmen. Wer sie auch ist, sie ist eine Frau, die auf eine für mich seltsame Weise, meinen Lebensweg schon bereicherte, wenn auch nur kurz, wenn auch nur, für einen Moment, doch zum richtigen Zeitpunkt. Durch sie durfte ich lernen, ich darf in meiner Liebe bleiben, was auch immer ist.

Dafür bin ich ihr dankbar.

Viel Freude beim Lesen wünscht Ihnen

Herzlichst

Marion Jana Goeritz

Ceija

Die Sonne lacht vom blauen Himmel und meint es heute gut. Nur kleine weiße Wolken ziehen durch das Blau und Josepha geht wie so oft, in den Stadtpark. Es ist noch sehr früh am Morgen und sie genießt die frische Luft, um diese Zeit sehr. Langsam geht sie die Straße entlang, vorbei an den Nachbarhäusern und schaut in die Vorgärten, die herrlich bunte Blumenrabatten, auf sattem Grün zeigen. Die Straße ist sehr lang und kaum ein Baum spendet Schatten. Andere Straßen schenken mehr davon, weil sie mit vielen Bäumen am Rande gesäumt sind.

Josepha sieht nun schon den Eingang der hiesigen Parkanlage und geht wie so oft, wenn sie hierherkommt, um den Teich, der sehr idyllisch mitten in der Anlage eingebettet und von vielen hohen Bäumen umschlossen ist. Sehr oft schwimmen Schwäne auf ihm. Die Enten sind immer hier und manchmal auch Möwen mit lautem Geschrei, als ob sie ein Schiff ankündigen und wenn es gut läuft, sogar so manchen Reiher, der so scheint es, ewig still im Nass stehen kann und auf den Fisch seiner Wahl wartet, der in seine unmittelbare Nähe geschwommen kommt.

Das viele Grün, um den Teich macht diesen Ort wunderschön und auf zwei Seiten umgeben ihn einige Holzbänke. Diese werden von den Besuchern sehr gut genutzt, gerade an sehr schönen Tagen, sieht man viele auf den Bänken sitzen und die Sonne und die Schönheit der Natur genießen.

So auch eine ältere Frau mit ihrem Hund. Sie fällt Josepha auf. Ganz allein mit ihrem Hund sitzt sie auf einer Bank im Park. Ihr Hund sitzt auf einer dunkelbraunen zusammengelegten Decke, welche sie auf der Bank neben sich platziert hat und sie schaut zum Teich mit seinen schwimmenden Gästen. "Wie liebevoll sie doch mit ihrem Hund ist", denkt Josepha und geht an der Frau lächelnd vorbei, denn auch sie trägt ein Lächeln im Gesicht. Josepha geht den Weg um den Teich entlang, von dem immer wieder andere Wege abgehen und weiter in den schön angelegten Park führen.

Es ist Samstag und Josepha nutzt wieder den frühen Morgen aus, um an die frische Luft zu kommen. Wieder ist sie auf den Weg zum Park. Hier begegnet sie der Frau mit ihrem Hund keinesfalls zum ersten Mal. Immer wieder begegnen sich die Frauen hier und waren sie sich zu Anfang auch nur mit einem Lächeln begegnet, Tage später, grüßten sie sich mit einem "Guten Tag" und wieder später, folgte ein lockeres "Hallo."

Josepha freut sich über jede Begegnung mit dieser Frau, doch kann sich kaum erklären, weshalb. Immer, wenn sie ihr begegnet, fühlt es sich für Josepha so an, als wäre die Frau von einer unglaublichen positiven Balance geküsst. Gefühlsmäßig kommt sie Josepha freundlich und aufrichtig entgegen, so fühlt sie es und sie findet großen Gefallen daran, denn keineswegs alle Menschen fühlen sich so an, die Josepha bisher begegnet waren.

Ist Josepha auf einem ähnlichen Weg? Jede Begegnung, ist sie auch nur, von sehr kurzer Dauer, löst dennoch etwas in ihr aus. Und denkt Josepha an die eine oder andere Begegnung im Park, wenn sie auch noch so unbedeutend für andere ausschauen mochte, sie glaubt, es ist die Selbstliebe dieser Frau, die sie so verzaubert. Manchmal denkt Josepha an die dunklen Augen dieser Frau, die ihrem Gefühl schon erzählen wollten. Sie schien viel erlebt zu haben und doch hat wohl nur die Liebe in ihrer Seele einen Hort gefunden.

Es ist Donnerstag. Die Woche vergeht wie im Flug. Das schöne Wetter der letzten Woche hatte sich am Wochenanfang verabschiedet, um jedoch genau heute wiederzukommen, doch keine Hitze, sondern angenehme Temperaturen sind vorhergesagt. Josepha rekelt sich noch in ihrem Bett und die lange beigefarbene Gardine am geöffneten Fenster, bewegt sich leicht. Josepha schaut zu. Sie möchte noch keinen Gedanken fassen oder ein Gefühl bemühen, was sie heute tun oder lassen soll. Sie schaut zum Wecker auf ihrem Nachtschrank, der acht Uhr zeigt. "Nein, ich will noch liegen bleiben." denkt sie und dreht sich in ihrem Bett noch einmal herum. Sie versucht wieder einzuschlafen, doch die ersten Unterhaltungen der Nachbarn, die zum geöffneten Fenster hereintönen, lassen es keineswegs zu und Josepha ist auch schon fast munter. Sie dreht sich erneut, nun auf ihren Rücken und blickt stumm zur weißen Decke. Nach ein paar Minuten des Innehaltens, entscheidet sie sich, ihre Beine aus dem Bett zu schwingen und aufzustehen.

Sie frühstückt in Ruhe, allein, hört Nachrichten, auch Musik, aus dem Küchenradio und trinkt dabei ihren

Morgenkaffee. Essen mag sie erst später. Da erklingt ein Lied aus dem Radio und bringt Josepha auf eine geniale Idee. Sie trinkt ihren Kaffee aus, räumt den Tisch ab, wischt darüber und lüftet alle Räume, geht unter die Dusche und kleidet sich an. Sie legt ihre Tagescreme auf, tuscht nur etwas ihre Wimpern schwarz, schminkt mit ein natürlichen Rosa ihre Lippen, kämmt ihr graues Haar und macht noch etwas Hausarbeit. Auf Fönen verzichtet Josepha schon lange, sie glaubt ihr Haar geht dabei kaputt und so gepflegt, wie es ausschaut, bekommt dem Haar die Lufttrocknung sehr gut.

Viel hat Josepha keineswegs zu tun, sie lebt ja allein, aber sie macht nach ihrem Gefühl sauber. Sie saugt kurz durch, schließt die Fenster, geht zum Schrank in der Stube, holt ein kleinen farbigen Tüllbeutel heraus und summt dabei eine Melodie. Mit dem Tüllbeutel in der Hand, macht sie die eckige, auf dem Fußboden stehende bunte Truhe auf, und greift intuitiv nach einem Stein, der die Form eines Herzens hat. Der Stein ist von ihr mit roter Farbe bemalt wurden, darauf gab sie weiße Strukturpaste, die sie mit gelb und wiederum rot bemalt hatte. Sie tut diesen Stein in den Tüllbeutel und bindet diesen mit einer Schleife zu. "Es sieht ja aus wie ein Geschenk." bemerkt sie freudig und geht nach draußen. Sie schließt hinter sich die Tür und geht die Straße entlang.

Wolken sind am Himmel zu sehen, weiß, auch etwas grauer, doch es wird keinen Regen geben.

Als sie am Ende der Straße ist, in der sie wohnt, geht sie einen anderen Weg entlang als sonst, wenn sie in den Stadtpark möchte. Sie hat einmal gehört, das man jeden Tag etwas verändern sollte, und sei es auch nur der Weg zur Arbeit oder wo auch immer man hin möchte. Vielleicht begegnet man so einmal, auch anderen Menschen, mit denen man in ein Gespräch findet, oder kommt auf neue Ideen, die das Leben positiv bereichern. Es müssen keine großen Veränderungen sein, eben nur so, das es nie zu eintönig wird. Also geht Josepha heute, über die Wiese hin zum Park. So kommt sie auf der anderen Seite des Stadtparks an und spaziert zum Teich. Sie geht die Wege entlang, unter sehr vielen Bäumen. Kommt an der kleinen alten Ruine der Burg vorbei und geht von hier wie gehabt zum Teich. Sie ist etwas gespannt, ob sie der Frau mit ihrem Hund wieder begegnen wird, doch die Bank, wo die Frau bisher immer saß, ist leer.

"Schade." denkt sie "Aber sie kann ja auch unmöglich immer gerade hier sein, wenn ich es auch bin. Das wäre wohl seltsam." Doch nach einigen Schritten erfährt sie es anders. Sie sieht die Frau mit ihrem Hund ihr entgegen kommen.

Josepha ist etwas aufgeregt. Sie möchte heute etwas in ihrem Leben ändern. Sie spricht sich Mut zu "Heute. Heute Josepha änderst du etwas." Josepha greift in die Tasche ihrer Jacke, und fühlt den Tüllbeutel und wie sich beide Frauen mit einem netten "Hallo" begegnen, nimmt sie ihre Hand aus der Jackentasche zur Begrüßung und spricht die Frau einfach an. Beide bleiben stehen und Josepha beginnt die Unterhaltung "Das wir uns hier immer wieder begegnen, ich hatte schon nach ihnen Ausschau gehalten. Mir gefällt, wie sie mit ihrem kleinen Freund umgehen. Wie er immer neben ihnen auf der Decke sitzt. Das finde ich einfach entzückend, wenn ich ihnen das sagen darf." Die Frau schaut mit ihren gütigen dunklen Augen Josepha an und antwortet "Danke. Natürlich dürfen sie, es macht mich etwas verlegen. Ja, er ist schon alt und soll weich liegen." Josepha nickt verständnisvoll und fragt, ob sie ihn streicheln darf und die Frau erlaubt es ihr. "Na du? Ja, du bist ja ein Lieber." spricht Josepha, während sie über das Fell des Hundes ihre Hand mehrmals gleiten lässt. Als sie sich wieder aufrichtet und die Frau anschaut, traut sie sich noch zu fragen "Entschuldigung. Darf ich ihnen etwas schenken?" Die dunklen Augen der Frau schauen Josepha gerührt an und sie fragt "Mir?

Sie wollen mir etwas schenken? Aber wieso denn?" Nun ist Josepha etwas verlegen, sie hat es sich leichter vorgestellt.

"Wenn ich ehrlich bin, so etwas habe ich noch nie getan, aber ich möchte etwas in meinem Leben ändern, ich habe viel Zeit, bin im Ruhestand und allein, und möchte gern jemanden erfreuen, weil mir das Freude macht. Und wir sind uns schon oft begegnet, da habe ich einfach allen Mut zusammen genommen und gefragt. Einfach, weil ich sie als liebevoll empfinde. Und ihre dunklen Augen sprühen irgendwie, ach Gott, was ich so erzähle, aber so fühle ich eben. Wenn ich sie dadurch verschrecke, das tut mir leid, das liegt keinesfalls in meiner Absicht."

Josepha lächelt während sie spricht, doch bemerkt auch ihre eigene Unsicherheit. Sie greift in ihre Jackentasche und zeigt auf ihrer flachen Hand den Tüllbeutel her. Mit einer netten Geste reicht sie diesen der älteren Frau und sie nimmt das Geschenk von Josephas Hand. "Bitte verstehen sie es keineswegs falsch. Ich meine wegen dem Herz." sagt Josepha und die Frau entgegnet, "Und er soll für mich sein?" "Ja.", entgegnet ihr Josepha, natürlich nur, wenn sie mögen und er ihnen auch wirklich gefällt.

Die dunklen Augen der Frau leuchten, als ob kleine Diamanten in ihnen, das Licht des Tages widerspiegeln würden. Sie schaut den Stein genau an, sie hat ihn aus dem Tüllbeutel geholt und bedankt sich bei Josepha. "Der ist schön bemalt. Er gefällt mir gut , wirklich. Haben sie sich die Mühe gemacht?" Josepha ist froh, ihr das kleine Geschenk gemacht zu haben und antwortet "Ja.

Ich habe unzählige davon zu Hause, aber er fiel mir heute in die Hände. Ich habe ja viel Zeit, und das ist etwas, das mir Freude bereitet. Ich habe so viele davon, das ich meine Blumenbänke damit schmücke und auch als Dekoration anderweitig verwende. Jeder Stein bekommt ein anderes Muster. Der größte Teil der Steine aber, verbringt seine Zeit in einer Truhe. Irgendwo muss ich sie ja aufbewahren."

Die Frau staunt über die Kreativität Josephas und sagt "Das ist doch ein schönes Hobby, das sie da haben" und schaut den Stein, den sie immer noch in ihren Händen hält an. "Ihr kleiner Freund wird schon unruhig, was?" stellt Josepha fragend freundlich fest, denn er sitzt auf Muttererde, erhebt sich wieder, um sich dann wieder auf ihr niederzulassen.

"Ja." sagt die Frau freundlich und sie verabschiedet sich von Josepha mit einem Händedruck und irgendwie wohl auch überwältigt von der netten Geste Josephas, mit eine Träne im Auge. "Ach, bevor wir gehen" spricht die Frau "Wie ist eigentlich ihr Name?" "Mein Name ist Josepha. Und darf ich auch erfahren wie sie heißen?" "Ceija. Mein Name ist Ceija." Josepha staunt, "Das ist ein ausgefallener Name. Jedenfalls ich habe ich ihn noch nie gehört. "Ceija" spricht Josepha noch einmal aus, so als überlege sie, wie die Frau zu so einem Namen käme.

Ceija lächelt, denn sie fühlt, wie Josepha sich irgendwie erklären möchte, woher dieser Name stammen könnte. "Meine Vorfahren sind Roma, vielleicht haben sie den Namen deshalb noch nie gehört." Josepha bemerkt freundlich "Das ist gut möglich, ihre Augen. Sie haben so wunderschöne dunkle Augen." Ceija nickt freundlich und nach einem sehr netten Plausch verabschieden sich beide nun ein zweites Mal. Beide Frauen fühlen, es wird keineswegs ihre letzte Begegnung gewesen sein.

Nur ein paar Wochen später schon, begegnen sich beide Frauen wieder im Park der Stadt. Josepha sieht Ceija mit ihrem Hund auf einer der Bänke sitzen. Er liegt ausgebreitet auf seiner Decke und Ceija, sitzt wie immer neben ihm. Doch neben ihr, hat noch ein älterer Herr, die Sitzgelegenheit, die die Bank bietet, eingenommen.

Josepha kommt der Bank näher, und auch Ceija hat Josepha bereits von weitem wahrgenommen. "Hallo Ceija." spricht Josepha freundlich, und Ceija erhebt sich von der Bank mit einem "Guten Tag Josepha. Darf ich ihnen jemanden vorstellen?" Da erhebt sich auch der ältere Herr und Ceija stellt vor "Das ist Eberhard. Wissen sie Josepha, ohne ihren schönen Stein, hätte ich ihn wohl nie kennengelernt."Josepha stutzt, Eberhard lächelt zu Ceijas Worten und sagt "Ja, vielleicht. Ich glaube, es hätte nur länger gebraucht, so hatte ich sofort einen Grund dich anzusprechen." Und weil Josepha keine Ahnung hat, wovon die beiden sprechen und auch, weil sie, sie nun neugierig gemacht haben, möchte Josepha nun gern wissen, wovon sie reden "Was meinen sie denn?", fragt sie lächelnd nach."

Eberhard neigt etwas seinen Kopf, der sehr ergraut ist und erzählt, "Ceija, saß auf dieser Bank hier. Genau hier und als ich vorbeikam, spielte sie mit diesem Stein, den sie ihr geschenkt haben. Das erzählte sie mir, als ich sie darauf ansprach. Jedenfalls machte mich das neugierig und ich fragte,"Was haben sie da Schönes? Und, ob ich mir das Anschauen dürfte?"

Cejia strahlt die ganze Zeit über, als Eberhard erzählt und Josepha glaubt es kaum, das es an ihrem Stein liegt, das sich beide gefunden haben, aber freut sich. Sie weiß wie anstrengend es sein kann, ab einem bestimmten Alter, das passende Gegenstück zu finden. Darum ist ihre Freude, um so größer, das sich Cejia und Eberhard wohl gut verstehen. "Das ist ja auch eine gute Gelegenheit in ein Gespräch zu kommen." sagt Josepha und ergänzt "Das freut mich."

Cejia strahlt fast wie immer, nur noch ein wenig mehr.

"Ja, so war es. So kamen wir ins Gespräch. Eberhard erzählte von sich und ich erzählte von mir, das ich nur noch meinen Freddi habe. Stimmts Freddi?" sagt Ceija glücklich und schaut auf die Bank zu ihrem kleinen Freund. "Ja und ich habe auch niemanden mehr, so verbringen wir gemeinsam etwas Zeit und erfreuen uns daran." Josepha ist überwältigt und ein Tränchen kullert ihr vor Rührung über ihre Wange. Weiß doch nur sie von ihren Gedanken, dass ihre bunt bemalten Steine, Gutes in die Welt setzen mögen.

"Ihr Stein hat mein Leben verändert Josepha, darf ich ihnen noch einmal danken?" Auch Ceija hat nun Tränen in ihren Augen und Josepha umarmt Ceija.

"Es ist schön, sie beide, so glücklich zu sehen, das ist für mich auch Freude. Und, wenn ich es auch kaum glauben möchte, das es an meinem bemalten Stein liegt, vielleicht aber, an meinem guten Gedanken und Gefühlen, die ich bei der Bemalung mit einfließen lassen habe.

Nach ihrer Verabschiedung spaziert Josepha weiter durch den grünen Park. Zu Hause angekommen, denkt sie immer noch an die schöne Begegnung mit Ceija und Eberhard und wünscht sich ins geheim, das beide noch sehr lange, viele schöne Jahre gemeinsam verbringen dürfen und freut sich auf eine weitere Begegnung mit ihnen. Sie kann Ceija verstehen, das sie sich glücklich fühlt, einen Partner an ihrer Seite zu haben. Sie weiß, das ist viel wert. In Josepha wohnt Liebe.

Der Unbekannte

Es scheint, als hat die Sonne auch des Nachts ihre warmen Strahlen zur Erde gesandt. Es ist Vormittag, und das Thermometer zeigt fast 30 Grad im Schatten. Josepha mag es lieber kühler. Frühlingstemperaturen, das ist das richtige für sie. Doch das Wetter, ist nun einmal so, wie es ist und den ganzen Tag im Haus, kommt für Josepha kaum infrage. Also gleitet sie galant in ihren Badeanzug, der ihrer Figur schmeichelt.Doch sie hat es keinesfalls nötig, denn sie hat eine gute Figur. Das eine oder andere Pfund, das sie womöglich zu viel hat, dazu steht sie selbstbewusst, denn sie ist der Ansicht, wenn man gesund ist, und man sich in seinem Körper wohlfühlt, ist das vollkommen in Ordnung.

Mit dem Badeanzug schmeißt sie sich in ihr dunkelgrünes Top und ihre weiße Hose. Im Flur an der Garderobe hängt ihr großer Shopper und in diesen tut sie eine große Flasche stilles Wasser, vier kleinere Äpfel, Taschentücher, Handtuch, etwas zu Lesen, Haarbürste, Sonnenspray. Sie schaut, das alle Fenster verschlossen und die Fensterrollläden unten sind. Denn erst am Abend, wird sie die Räume durchlüften, dann ist die größte Hitze vorbei. Sie schaut sich kurz um, und denkt "Ah." Hängt den Shopper wieder ab, und geht in die Stube. Öffnet ihre Truhe, in der die bunt bemalten Steine liegen und entnimmt einen. Geht zurück in den Flur, schnappt sich die Tasche, setzt ihre Sonnenbrille auf, nimmt eine

Decke, die in einer der unteren Schubladen liegt, klemmt sich diese unter einen Arm, und macht sich auf. Sie schließt die Tür hinter sich ab und fürchtet sich etwas vor dem Weg zum See, denn die Straße spendet keinerlei Schatten.

Ihr Weg zum See führt sie am Stadtrand entlang, wo auch sie ihr zu Hause hat, doch es dauert seine Zeit bis dorthin. Vorbei an unzähligen Autos, die an vielen Straßenrändern parken, geht sie über die kleine Brücke, die über den hiesigen Fluss führt. Hier wird es dann etwas ruhiger. Denn es ist nur eine Fußgängerbrücke und führt durch ein nur kleines, jedoch Schattenspendendes Wäldchen, über eine Wiese zum See.

Der See ist oft gut besucht, gerade bei diesen Temperaturen, allerdings meistens erst in den Nachmittagsstunden oder gegen Abend, wenn die Kinder die Schule und die Leute ihre Arbeit hinter sich gebracht haben. Über die Wiese zu gehen, ist im Frühling besonders schön, aber bei der Hitze ist es fast eine Qual. Einen Hut hätte Jospeha aufsetzten sollen, doch den hätte sie sich erst kaufen müssen.

"Endlich" denkt Josepha und sucht sich bei ihrer Ankunft am See, ein Schatten spendendes Plätzchen, unter einer alten, weit ausladenden Eiche. Sie breitet ihre Decke aus, legt ihre Tasche auf der Decke ab, und zieht Top und Hose aus und legt ihre Sachen auf die Tasche oben auf. Als sie sich hinlegen möchte, denkt sie erst daran sich einzusprühen. Das tut sie noch, und danach legt sie sich auf die Decke. Ihre Sonnenbrille noch auf, schließt sie die Augen und lauscht den leisen Wellen, die zum Ufer kommen.

Der Strand ist fast menschenleer. Etwas weiter hinten, näher am Wald, liegt noch ein junges Pärchen. Ansonsten ist nur noch Josepha am hiesigen Ufer des Sees. Sie genießt die Ruhe in der Natur und schläft doch tatsächlich ein.

Als sie aufwacht, legt sie ihre Sonnenbrille ab, nimmt den Shopper in die Hand und holt den bemalten Stein heraus. Kurz bewegt sie ihn in ihren Händen, als möchte sie sich von ihm verabschieden. Es ist noch immer niemand auf dieser Seite des Sees dazugekommen und so geht Josepha mit dem Stein in der Hand ans Ufer, das ein klein wenig abfällig ist. Mit ihren Füßen im Wasser, dreht sie sich zum Strand und entdeckt am Ufer eine kleine ausgespülte Ecke.

Kurz überlegt sie und entscheidet sich, den Stein genau da hineinzulegen. Dieser ist nun platziert und er wartet am Ufer, auf seinen neuen Besitzer. Josepha ist gespannt, wer ihren Stein finden wird. Es bereitet ihr immer wieder Freude, so Menschen kennenzulernen, doch heute mag sie ihn niemanden in die Hand geben, sondern, der Stein soll gefunden werden.

Nun geht Josepha weiter ins Wasser hinein. Sie kühlt sich ordentlich ab und lässt ihre Hand das kühle Wasser so gut es geht, über ihren Körper schaufeln. Dann taucht sie ihren Körper ganz in das Wasser und schwimmt. Sie hofft keinesfalls zu verpassen, wenn jemand den Stein findet und hadert zuerst, entscheidet dann aber, doch weiter hinaus zu schwimmen. Zug um Zug erobert Josepha den See. Er nimmt eine kleinere Biegung und am anderen Ufer sind etwas mehr Badegäste.Vor ihr tut sich eine kleine Boje auf und bis dahin schwimmt sie, hält sich dort kurz an, um dann wieder zum Ufer zurückzuschwimmen. Josepha gefällt diese Abkühlung und fühlt ihr Kopf, lässt alle Gedanken beim Schwimmen frei.

Etwas später kommt sie zum Strand zurück. Ein weiterer Badegast ist eingetroffen und hat sich schon im See abgekühlt. Ein junger Mann. Er geht einige Schritte vor Josepha schon aus dem Wasser und ist anscheinend nur sehr kurz darin gewesen. Josepha beobachtet, wie er sich nach unten beugt und siehe da, ihr Stein hat einen neuen Besitzer. Er dreht ihn in seinen Händen beim Gehen und findet zurück zu seiner Decke, die unweit von Josephas Platz liegt.

Als Josepha zurück zur ihrer Decke kommt, holt sie das Handtuch aus der Tasche, trocknet sich nur oberflächlich ab und legt das Handtuch auf die Decke. Darauf setzt sie sich und sprüht sich noch einmal mit Sonnencreme ein. Dabei kann sie den jungen Mann beobachten. Er hat einen Stoffbeutel dabei und holt viele Seiten Papier heraus und legt sie auf seine Decke neben sich, dann den Stein darauf, den er eben gefunden hat.

Josepha verspürt wenig Ruhe, immer wieder sieht sie zu ihm hin und das bleibt keineswegs unbemerkt, der junge Mann lächelt freundlich. Josepha lächelt auch freundlich zurück, ist dabei jedoch etwas verlegen. Nach einiger Zeit, gibt der junge Mann die Seiten wieder in seinen Beutel, greift den Stein mit einer Hand und kommt auf Josepha zu.

"Schauen sie, den habe ich heute, hier im Wasser am Ufer gefunden." spricht er sie an und Josepha antwortet "Der ist aber schön."

"Ja. Finde ich auch. Er spricht mich irgendwie an. Er liegt gut in meiner Hand und die gelbe Sonne die ihn ziert, ist richtig gut. " sagt er und lächelt. "Es mag für sie seltsam klingen, aber er gibt mir so ein Gefühl, das ich besser lernen kann. Aber vielleicht, bilde ich mir das auch nur ein? Zur Zeit fällt mir die Paukerei schwerer, die Zeit, die ich hier bin, ist ja noch keineswegs lange, aber dennoch glaube ich, es bleibt beim Lernen mehr hängen. Klingt komisch. Oder?" Freundlich antwortet Josepha "Ja vielleicht, doch ich glaube, wenn sie es so fühlen, wird es wohl so sein. Was lernen sie da?"

"Bin am Studieren, jedoch ist es zurzeit nervig, weil es schwerer für mich ist, als gedacht, aber da muss ich eben durch. Ich klinge schon wie mein eigener Vater." sagt er und lacht dazu. "Verstehe", antwortet Josepha, und ergänzt "Dann haben sie ja etwas zur richtigen Zeit gefunden. Dann wünsche ich ihnen, das sie ihr Studium gut über die Bühne bekommen und das ihnen das Lernen mit dem Stein, leichter fallen möge, als zuvor."

Der junge Mann freut sich, als hätte Josepha ihm ein Auto versprochen und das wiederum freut sie. Er geht zu seiner Decke zurück und Josepha legt sich auf den Rücken, nachdem sie sich ihre Sonnenbrille wieder aufgesetzt hat und schließt ihre Augen, und denkt "Wie schön. Er wird das schon schaffen." Die Stunden vergehen, und ab und an kommen noch andere Badegäste dazu.

Die Sonne meint es immer noch sehr gut. Sie sendet ihre heißen Strahlen zur Erde und es scheint auch im Schatten nun unerträglich zu werden. Der junge Mann packt seine Sachen und zieht mit seiner Decke um, näher zum Waldrand. "Gute Reise junger Mann, passen sie gut auf den Stein auf." Mit diesen guten Gedanken verabschiedet sie sich auf ihre Weise von dem jungen Unbekannten und schließt ihre Augen, um etwas zu ruhen. So vergeht noch manche Stunde des Tages.

Josepha ist etwas eingeschlafen, doch durch ein lautes "Tschüss" wird sie jedoch geweckt, schaut und erwidert den liebenswerten Abschiedsgruß des Studenten, der in voller

Größe vor ihrer Decke lächelnd steht.

Sie setzt sich auf und ihr Blick sieht den See ab. Es ist bereits kurz nach Mittag. Einige Kinder kommen über die Wiese zum See, mit schallendem Lachen. Sie holt ihre Flasche Wasser aus der Tasche und zwei kleine Äpfel. Das Wasser ist kaum eine Abkühlung, zwischendurch ißt sie die Äpfel auf. Kurz überlegt sie, ob sie etwas Lesen soll, doch entscheidet sich fürs Schwimmen. Als sie wieder aus dem Wasser kommt, legt sich wieder lang und schont ihr Augenlicht. Sie döst wieder weg.

Als immer mehr zum Strand kommen, ist es mit der Ruhe vorbei und Josepha geht noch einmal ins Wasser und sie schwimmt dieses Mal bis zum anderen Ufer hinüber. Dort ruht sie sich aus und nimmt wieder den Wasserweg, um zurückzuschwimmen. Sie geht aus dem Wasser, trocknet sich etwas ab, zieht über ihren Badeanzug die Sachen, packt alles ein, schüttelt die Decke aus und legt sie zusammen, um sie sich wieder unter ihren Arm zu klemmen. Der Heimweg scheint ihr bei der Hitze endlos zu sein. Doch zu Hause angekommen verkriecht sie sich in ihrem Haus, das noch angenehme Temperaturen birgt und denkt an die Begegnung mit dem jungen Mann. Sie kocht sich einen Kaffee und setzt sich gemütlich in ihren Sessel. "Was für eine Hitze da draußen ist, bloß gut, hier ist es angenehm. War doch bisher ein schöner Tag" bemerkt sie und trinkt einen Schluck Bohnenkaffee.

Ein Tag mit Wendungen

Hanna, eine junge alleinerziehende Mutter, Anfang dreißig, ist mit ihrer kleinen Tochter Caroline auf dem Weg zum Stadtpark. In ein paar Tagen schon, fahren sie in den Urlaub. An der Küste verbringen sie gern ihre freien Tage. Und da heute, auch ein schöner Tag ist, Hanna schon frei hat, ist auch Caroline zu Hause und besucht keinen Kindergarten. Caroline ist ein entzückendes, aufgeschlossenes Wesen. Ihre langen blonden Haare sind lockig und oft zu einem Pferdeschwanz gebunden, den eine gelbe Sonne, als Zopfhalter ziert. Manchmal trägt Caroline auch zwei Zöpfe, dann, wenn Hanna mehr Zeit hat, Caroline die Haare zu flechten, das sieht besonders schön aus.

Hanna und Caroline müssen durch einen Teil der Stadt, um zum Park zu gelangen. Vorbei an unzähligen Geschäften, in denen bereits der Trubel begonnen hat. Autos fahren, Fußgänger wechseln ständig die Straßenseiten, so auch Hanna und ihre Tochter. Nach einer Zeit gelangen sie endlich auf die große Wiese, über die man in verschiedenen Richtungen zu allen Plätzen der Stadt gelangen kann. Hier kann Hanna die Hand von Caroline das erste Mal loslassen, hier fahren keine Autos, und Caroline kann allein über die Wiese laufen. Und findet sie eine Blume und sei sie noch so klein, spricht sie mit ihr, wie mit allen Blumen. Obwohl Caroline noch sehr jung ist, geht sie sehr achtsam mit ihrer Umwelt um.

Caroline läuft ein paar Schritte voraus, Hanna hängt etwas hinter her und hört ihre Tochter rufen "Mutti, ein Schmetterling, schau mal, der ist schön bunt!" Hanna kommt näher und bestaunt auch das schöne Exemplar und stimmt Caroline zu. Caroline beobachtet den Schmetterling, der von einer Blüte zu anderen fliegt und sie versucht, das sie ihm folgen kann. Sie hockt sich immer wieder hin und spricht mit ihm, setzt er sich auf eine der vielen Blüten. Doch dann verlässt der Schmetterling den Weg der beiden, und Caroline winkt ihm hinterher. Gleich sind sie ja auch fast im Stadtpark angelangt.

Als sie ankommen, gehen sie unter einzelstehenden Bäumen den Weg zum Teich ab, auf dem heute wieder viele Tiere zu sehen sind. Eine Schwanenfamilie zieht ihre Kreise und schwimmt von einem zum anderen Ufer, wo gerade Menschen stehen und sie glauben wohl, das sie Futter erhalten können, obwohl der Teich genügend für sie davon bereithält. Auch viele Enten schnattern auf dem Wasser und so manche Möwe kreist über dem Teich mit lautem Geschrei. Die Bänke, um den Teich sind bereits von Parkbesuchern besetzt und so mancher, der hier sitzt, schaut zum Wasser und sieht wie Hanna auch, die glitzernden Wellen des Wassers zum Ufer schaukeln.

Hanna und Caroline gehen langsam die Wege des Stadtparks ab und erfreuen sich am schönen Wetter und auch, das sie beide bereits Urlaub haben. Auch hier muss Caroline keineswegs an der Hand von Hanna gehen, jedoch am Teich ist Hanna aufmerksamer als sonst, damit Caroline trocken bleibt. Das kleine Mädchen hat so viel Freude, das sie hier laufen, springen und so manche Tiere sehen kann, wohl genau so, wie ein älterer Mensch, der im Park auch hier ist, weil er frei hat und sich über diesen Sonnentag freut.

Auf einer Bank, an der sie vorbeigehen gehen, sitzt ein älteres Paar mit einem Hund, der auf einer zusammengelegten Decke, neben der Frau liegt. Caroline fragt, ob sie ihn streicheln darf und es wird ihr erlaubt. Mehrmals gehen ihre kleinen Hände über das dunkle Fell des Hundes und ihre Blicke sind dabei sehr liebevoll. Dem Hund gefällt es sehr. Hanna grüßt die beiden älteren Menschen und fordert Caroline nun auf, doch mit ihr weiterzugehen.

Josepha möchte heute morgen in den Stadtpark, wie schon so oft in den letzten Wochen, entnimmt sie der Truhe in ihrer Stube einen Stein. Obwohl sie schon oft einen Stein verschenkte, fühlt es sich für Josepha an, als würden die Steine nie abnehmen. Sie muss sich immer hinhocken, möchte sie die Truhe öffnen, denn sie ist so schwer, und Josepha kann sie keinesfalls anheben. Im Flur an der Garderobe nimmt Josepha ihre dünne Jacke ab, wechselt aus ihren Hausschuhen in die Sandalen und zieht sich die Jacke an. Schließt hinter sich ab, und mit ihrer Tasche auf einer ihrer Schultern, geht sie in den Hof, und holt ihr Fahrrad aus dem Schuppen. Sie schiebt es, bis sie zum Gartentor heraus ist, steigt dann auf und radelt los.

Es würde mit dem Rad keineswegs lange dauern, bis sie im Park ist und deshalb macht sie einen kleinen Umweg. Sie genießt die Natur und hofft vielleicht Ceija und Eberhard anzutreffen, die mit Freddi unterwegs sein dürften bei diesem Wetter, und ist gespannt, ob die beiden im Park wieder auf ihrer Bank sitzen.

Nach einer Weile trifft Josepha im Stadtpark ein, fährt den Weg, um den Teich, hier darf sie Fahrradfahren, heute andersherum ab. Langsam tritt sie in die Pedale und an der einen Länge des Teiches, stehen drei Bänke hintereinander auf der Wiese. Gleich an der ersten Bank steigt sie vom Rad und stellt es daneben ab. Sie nimmt auf der Holzbank ihren Platz ein und schaut, so wie es auch einige der anderen Besucher tun, auf den belebten Teich, auf dem heute viele Vögel schwimmen. Ihre Tasche neben sich, da denkt sie an den Stein. Sie holt ihn heraus und sieht eine lilafarbene Blume auf grünen Untergrund, die ihn ziert. Josepha lässt kurz ihre Blicke schweifen, bis sie die Wurzel entdeckt, die groß und lose auf der Wiese gegenüber der Bank, am Ufer des Teiches liegt. Sie geht hinüber, mit dem Stein in der Hand und platziert diesen in der Wurzel, die einige kleinere Hohlräume zeigt, die jedoch keinesfalls tief sind. Dort legt sie den Stein ab, geht zurück zur Bank und wartet.

Kurz darauf kommt ein kleines Mädchen, das ihre Haare zu einem Zopf gehalten hat angerannt. Sie sieht Josepha auf der Bank sitzen und geht langsamer. Enten bewegen sich aus dem Wasser heraus, die sich auf die Wiese, gleich am Ufer setzen. Caroline interessiert das sehr und nähert sich ihnen, anders als gedacht, bei einem so jungen Kind, mit Bedacht. Leise spricht sie ihnen zu. Doch sie fühlt, viel näher darf sie keineswegs an sie heran treten, dann fliegen sie wohl fort. Dann entdeckt sie die

Wurzel und findet auch, diese muss von ihr begrüßt werden. Hanna folgt ihr auf dem Fuße und auch sie hat Josepha auf der Bank wahrgenommen. Caroline geht derweil, um die große Wurzel herum und spricht: "Die ist ja so groß wie ich." Hanna sagt lachend "Ja. Es ist die Wurzel eines großen Baumes gewesen." Bei ihrem Rundgang, um die umgekippte Wurzel, entdeckt Caroline nun den Stein, den Josepha dort hingelegt hat. Sie nimmt diesen in ihre kleinen Hände und dreht ihn immer zu. Staunend stellt sie laut fest: "Guck mal Mami. Der ist schön, darf ihn behalten?" Hanna, die in Gedanken über den Teich blickt , fragt "Was ist das? Woher hast du das?" Caroline antwortet sofort "Der lag hier auf dem Baum." Hanna lacht "Schatz, das ist kein Baum, es nur noch die Wurzel eines Baumes. Er sieht sehr schön aus, den hat jemand bemalt. Aber wieso ist er hier? Vielleicht gehört er einem kleinen Mädchen, so wie du eines bist und sie hat den Stein hier liegen lassen, beim Spielen." Caroline ist etwas traurig. "Schade, der ist schön, ich möchte den behalten, Mami." Hanna ist hin und her gerissen. Weit und breit kein Kind, nur viele ältere Leute sitzen auf den Bänken oder gehen auf den Wegen spazieren. "Pass auf mein Schatz, wir gehen hoch zum Tiergarten, wo die Rehe sind. Du kannst dich erinnern? Dort waren wir schon einmal." "Ja, ich weiß." antwortet Caroline und Hanna sagt weiter "Lass den Stein hier in der Wurzel. Wenn wir zurück kommen, und er liegt dort immer noch, darfst du ihn behalten." Caroline freut sich und ist einverstanden. Also legt Hanna den schönen Stein wieder in die Wurzel zurück und geht mit Caroline weiter.

Josepha denkt sich "Schade. Aber es ist richtig, wenn jemand den Stein verloren hätte, würde er sich womöglich darüber ärgern. Vielleicht, war das keine so gute Idee. Wie macht man denn einem Kind klar, was es behalten darf?"

Als Hanna und Caroline den kleinen Hügel hinauf zum Wäldchen gehen, der zum Tiergehege des Parks gehört, steht Josepha auf und geht zur Wurzel und nimmt den Stein wieder an sich. Sie hat eine Idee.

Die Rehe im Gehege sitzen auf dem Boden, bis auf zwei, diese stehen am hohen Zaun und werden von Hanna und Caroline begrüßt. Caroline spricht mit denen und fragt beide, warum denn die anderen nur herumsitzen und ob ihnen vielleicht langweilig wäre? Langsam spazieren die beiden an dem langen Zaun entlang und Caroline kann fast keinen Blick von den Tieren lassen. Am Ende des Geheges führt der Weg weiter und beide gehen auf ihm, der von viel Wald umgeben ist, bis zur alten Ruine, die ein hoher Turm einst war. Dort klettert Caroline etwas herum und Hanna beobachtet sie dabei.

Josepha sitzt immer noch auf der Bank und wartet. Genießt dabei das schöne Wetter und hofft, dass das kleine Mädchen wirklich noch einmal hier entlang kommt. Kaum hat sie das in ihren Gedanken, hört sie schon Schritte und es sind tatsächlich Hanna und Caroline.

Das kleine Mädchen rennt sofort wieder an die große Wurzel und

Hanna hört sie rufen "Mami, der Stein ist weg!"

Josepha schaut zu Caroline und das kleine Mädchen bemerkt das. Aus der Entfernung sieht sie Josepha mit dem Stein in ihrer Hand auf der Bank sitzen. Josehpa steht auf und geht den beiden entgegen und fragt Caroline "Meinst du diesen Stein hier?"

"Ja. Das ist der Stein." antwortet Caroline freundlich. "Ist das dein Stein?" fragt sie weiter. "Nun, er gehörte mir einmal und ich habe ihn dort hinterlegt, weil ich jemanden eine Freude damit machen möchte. Wenn du magst, gehört er dir." Hanna staunt, und fragt leise Josepha "Wirklich?" Es ist ihr Stein?" Josepha versteht, was Hanna damit meinen könnte und beruhigt sie "Ja. Seien sie ganz unbesorgt. Der Stein ist von mir bemalt." Hanna schaut freundlich und bemerkt wie schön der Stein doch ist und fragt jedoch noch, warum Josepha den Stein in die Wurzel tat. Josepha ist ehrlich und erzählt ihre Geschichte. Hanna ist davon sehr berührt und findet das wirklich eine gute Idee von Josepha und fühlt jedoch, wie mutig doch Josepha ist, in ihrem reifen Alter, noch etwas in ihrem Leben zu verändern, wenn es auch nur etwas kleineres ist, aber wenn es hilft, das sie sich besser fühlt und ihr Leben dadurch anders gestalten kann, ist das positiv. Wenn sie da an ihre Mutter denkt, die nur immer jammernd zu Besuch kommt und kein Bisschen Veränderung zu lässt. "Darf ich den behalten" fragt Caroline mitten in der Unterhaltung der beiden Frauen und Josepha sagt "Natürlich. Der Stein gehört nun dir. Ich schenke ihn dir gern." Caroline lächelt und spricht "Danke." Sie setzt sich auf die grüne Wiese am Teich und spielt mit ihrem Stein. Hanna und Josepha unterhalten sich noch unterdessen und Josepha fragt, ob Hanna mit zur Bank kommen möchte, neben der ihr Fahrrad steht. Hanna geht mit zur Bank und hat Caroline immer im Auge.

Die beiden Frauen unterhalten sich angeregt und Hanna erzählt von ihren Sorgen, wie schwer es sich manchmal für sie gestalten kann, alleinerziehend zu sein, auch ohne jegliche Hilfe der Großeltern, da sie wo anders leben. Josepha schenkt ihr Gehör und beide scheinen auf einer Wellenlänge zu sein. Josepha erzählt auch ein wenig aus ihrem Leben, als Hanna sie darauf anspricht.

Nach mehr als drei Stunden im Park, die Josepha dort verweilt hat, verabschiedet sie sich und da sie nun erfahren hat, das die beiden in ein paar Tagen schon, ihren Urlaub an der Küste verbringen, wünscht sie ihnen eine erholsame und ganz schöne Zeit und bemerkt noch, das sie sich freuen würde, ihnen irgendwann einmal wieder zu begegnen. Hanna gibt diesen Wunsch gern zurück. Nach ihrer Verabschiedung an der Bank, setzt sich Josepha auf ihr Fahrrad und radelt gemächlich den Weg entlang, zum Ausgang. Hanna geht zur Wiese, auf der Caroline immer noch weilt und mit vier Enten ins Gespräch gekommen ist, denen sie erzählt, das sie den Stein geschenkt bekommen hat.

Hanna und ihre Tochter gehen nun auch weiter zum Parkausgang. Als Josepha so radelt und an der anderen Seite des Teiches vorbei kommt, sieht sie gerade zwei ältere Menschen sich von einer Bank erheben, und am Hund erkennt sie, es sind Ceija, Eberhard und natürlich Freddi. Kurz steigt sie zur Begrüßung vom Fahrrad ab, um sich danach gleich wieder zu verabschieden. Doch es freut alle, das sie sich wieder einmal gesehen haben.

Kurz nachdem Josepha auf dem Rad wieder aufsitzt, steigt sie wieder ab, schaut sich nach den beiden um und ruft ihnen hinterher, so das Ceija und Eberhard stehen bleiben und sich ebenfalls nach Josepha umschauen. "Mögen sie beide denn am Sonntag zu einer Tasse Kaffee und einem schönen Stück Kuchen bei mir vorbeischauen?" Dabei dreht sie ihr Rad in deren Richtung und geht auf das Pärchen zu. Die beiden sehen sich an und sind sich einig. "Gern. Ja wir kommen gern. Aber sie müssen uns noch sagen, wohin?"

"Die vorletzte Straße, am Stadtrand, da wo es zum See geht. Sie können es keinesfalls verpassen. Wenn sie die Hugo-Erich Straße einbiegen, geht sofort die große Salzgasse ab und einfach weiter laufen, bis zum vorletzten Haus auf der linken Seite. Große Salzgasse 4. Josepha Gerold steht am Zaun, ich meine am Klingelschild."

Eberhard sagt "Gut, das kann ich mir merken. Da freuen wir uns." Lächelnd und zufrieden bemerkt Josepha, "Schön, ich mich auch. Dann bis Sonntag, sagen wir 15 Uhr?" Ceija bemerkt "Natürlich. Gern. Wir werden da sein, liebe Josepha."

Josepha dreht ihr Fahrrad wieder um und steigt auf, die anderen beiden laufen in die entgegengesetzte Richtung und alle freuen sich auf Sonntag.

Der Klosterladen

Seit Sonntag, wo Ceija und Eberhard bei Josepha zum Kaffeetrinken eingeladen waren, sind vier Tage vergangen. Josepha hat die letzten Tage immer ausgeschlafen. Heute jedoch, ist sie schon in der Früh aufgewacht. Die Sonne lacht und Josepha summt etwas vor sich hin. Es ist bereits Donnerstag und Josepha hat sich etwas Hausarbeit vorgenommen. Sie wischt den Staub von ihren Möbeln, saugt die Räume durch und rückt so manches wieder an Ort und Stelle. Als sie in der Wohnstube den Staub von ihren Möbeln wischt, geht sie auch mit dem Staubtuch über die Truhe, die auf dem Fußboden steht. Mit ihrem Tun hält sie danach kurz ein, sie bleibt davor hocken, um den Deckel der Truhe zu öffnen und hinein zu schauen und es sind so viele Steine, mit unzähligen Motiven und Farben. Ihre Gedanken kreisen gerade darum, was sie mit den Steinen noch anfangen könnte? Sie schließt die Truhe und geht weiter ihrer Hausarbeit nach. Nach ihrer getanen Arbeit bereitet sie sich eine Tasse Bohnenkaffee, setzt sich in ihren Lieblingssessel und genießt die Ruhe und den Kaffee.

Wieder macht sie sich Gedanken darüber, was sie mit der Vielzahl der Steine tun könnte und trinkt immer wieder einen Schluck aus ihrer Tasse, die sie einst aus einem Urlaub mitgebracht hatte.

Die Sonne scheint zum Fenster hinein und blickt Josepha auf ihre Möbel, kann sie nun erkennen, aller Staub ist entfernt. Das beruhigt sie und gibt ihr ein gutes Gefühl. Als sie die Tasse aufgreift, um einen weiteren Schluck Bohnenkaffee zu trinken, hält sie kurz inne, stellt die Tasse auf dem Tisch wieder ab, und geht zur Truhe mit den Steinen. Sie öffnet diese erneut und entnimmt den einen und anderen Stein, um sie dann neben sich auf dem Boden zu legen. Dabei kramt sie in der Truhe, als würde sie etwas suchen, schaut sich die bunten Motive an und lächelt. Sechs schön bemalte Steine liegen bereits neben ihr, diese nimmt sie mit ihren Händen auf und legt sie auf dem Stubentisch ab. Josepha ist eine Idee gekommen. Sie holt eine kleine Papiertüte aus der Garderobenschublade im Flur und gibt die Steine dort hinein, sie setzt sich wieder in den Sessel, trinkt ihren Kaffee aus, um dann aus dem Haus zu gehen. Sie holt ihr Fahrrad und nach dem sie das Gartentor nach sich verschlossen hat, steigt sie auf und fährt ihre Straße entlang. In ihrer Tasche, die Steine.

Es ist ein schöner Sonnentag und Josepha hat Freude am Fahrradfahren. Sie fährt einen kleinen Weg entlang, der sie hinter das Wäldchen am Stadtrand bringt und so kommt sie auf der anderen Seite der Stadt wieder herein. Über den hohen Bäumen, deren grünen Kronen sich etwas im leichten Wind bewegen, kann sie von weitem schon die Spitze der Klosterkirche sehen. Josepha steigt vom Rad und bleibt auf dem Weg, der eher einem Feldweg ähnelt, stehen. Sie schaut in die Natur und erfreut sich daran. Die Vögel zwitschern in den

Bäumen und schaut sie weit über das Feld, das nah am Wald angrenzt, kann sie schon den nächsten Ort erkennen. Sie schließt kurz ihre Augen und atmet tief ein und aus. Sie fühlt sich sehr wohl in ihrer Haut. Mit einem Lächeln steigt sie wieder auf ihr Fahrrad und fährt bis zum anderen Stadtrand.

Josepha kommt in die mehr belebten Straßen der Stadt gefahren und ist sehr sicher im Fahren, auch wenn sie lieber außerhalb der Stadt radelt. Ihr Weg führt sie zum Kloster. Sie biegt in die Klostergasse ein und sieht schon die Tore des Klosters, die weit offen stehen, so fährt sie bis in den Hof hinein. Dort steigt sie vom Fahrrad, stellt es in einen Fahrradständer, schließt es ab, nimmt ihre Tasche vom Fahrradlenker und begibt sich ins Klosterinnere. Diese heiligen Hallen haben es Josepha angetan. Ihr gefällt es hier. Die Nonnen des Klosters arbeiten viel und halten so alles in bester Ordnung. Es sieht auf den ersten Blick sehr sauber aus. Im kalten Klostergang begegnet ihr die freundliche Nonne Klara, sie begrüßt Josepha und als wenn sie es ahnen würde, fragt sie Josepha, ob sie ihr helfen kann. Josepha sagt, das sie auf dem Weg zum Klosterladen sei und Nonne Klara erklärt ihr den Weg, denn das Kloster wurde vor Jahren etwas umgebaut und der Klosterladen liegt nun im anderen Flügel. Josepha bedankt sich für die Wegbeschreibung kehrt um und geht zurück zum Hof. Dort sieht sie auch die Beschilderung, und eine davon, zeigt den Weg zum Laden an. Von dort geht sie in den anderen Flügel des Klostergebäudes und findet zum Laden.

Ohne sich weiter umzuschauen, geht Josepha direkt an den Verkaufstresen. Sie holt ihre Papiertüte aus der Tasche und aus denen ihre sechs Steine. "Guten Tag, meine Name ist Josepha Gerold und ich möchte sie fragen, ob sie Interesse hätten, solche Steine zum Verkauf anzubieten."

Sie erfährt, das sie mit Nonne Rusnelda zu tun hat, und diese nimmt ihr die Steine erst einmal ab. Einen nach dem anderen nimmt sie in ihre Hände und begutachtet diese ganz genau. Dabei stellt sie Josepha noch Fragen, ob Josepha die Steine selbst bemalt, wie viele sie davon hat und vor allem interessiert die Nonne, wie Josepha überhaupt auf die Idee kam, Steine zu bemalen. Josepha beantwortet alle Fragen und die Nonne gibt Josepha zu verstehen, dass sie das keinesfalls allein entscheiden kann und Josepha muss sich wenigstens bis Morgen gedulden. Josepha ist einverstanden und kommt dem Wunsch der Nonne nach, die sechs Steine im Laden zu belassen. So verabschiedet sie sich und geht zurück zum Hofinneren und schwingt sich auf ihr Fahrrad, fährt den gleichen Weg wieder zurück, den sie gekommen war, und freut sich. Nonne Rusnelda klärt derweil ab, ob die Steine von Josepha zum Verkauf im Laden eingekauft werden sollen.

Der Tag neigt sich dem Ende, die letzten Sonnenstrahlen verabschieden sich für heute und die Dämmerung setzt ein. Josepha macht es sich auf ihrem Sofa gemütlich und schaut fern. Morgen in der Früh, wird sie in den Blumenrabatten, dem Unkraut den Gar ausmachen und überlegt, wann sie aufstehen möchte.

Der Morgen beginnt mit Sonnenschein und nachdem Josepha ihr Frühstück eingenommen hat, begibt sie sich in den Vorgarten und zieht, wie sie sich es vorgenommen hat, das Unkraut. Der Vorgarten ist übersichtlich, und keineswegs zu groß, so das sie ihre Lust behält, diesen zu pflegen. Als sie fertig damit ist, ruht sie auf der Bank vor ihrem Haus aus. Sie trinkt stilles Wasser und schaut auf das, was sie geschafft hat, die vom Unkraut befreiten Blumenrabatten.

Nachdem sie etwas ausgeruht, geht sie ins Haus und wäscht ihr Hände. Zu Mittag möchte sie sich Bratkartoffeln mit einem Spiegelei zubereiten, denn die Kartoffeln sind noch vom Vortag übrig und Josepha möchte die noch gern verwerten.

Der Himmel scheint sich etwas über der Stadt einzutrüben, jedoch Regen gibt es keinen, so hört es Josepha aus dem Radio. Sie spült ihren Teller ab, da läutet das Telefon. Es ist Nonne Engelfriede aus dem Kloster, sie bittet Josepha, um ein persönliches Gespräch vor Ort und Josepha ist bereit diesem Wunsch nachzukommen.

So fährt sie also am Nachmittag mit dem Fahrrad zum Kloster. Als sie ankommt, wird sie schon erwartet. Die Nonnen Engelfriede, Roswitha und Festina begrüßen Josepha freundlich. Alle setzen sich an einen Tisch und auch die Steine von Josepha, die sie am Vortag dagelassen hat, liegen vor ihnen, auf der hölzernen Tischplatte. Die Nonnen machen kein Geheimnis daraus, das sie interessiert sind, die Steine in ihr Verkaufssortiment aufzunehmen und klären mit Josepha alle Einzelheiten. Sie klären nun ab, wie viele der Steine monatlich von Josepha an ihr Kloster geliefert werden sollen und auch den Preis, einigen sich jedoch alle zu erst einmal auf einen Testlauf.

Es sind viele Touristen in der Stadt, welche sich auch das Kloster ansehen und anschließend gern im Laden eine Erinnerung erwerben möchten. Nonne Engelfriede bemerkt auch, das sie eine solche Arbeit noch nie zu Gesicht bekommen hat und möchte gern noch einmal selbst von Josepha hören, wie sie auf die Idee gekommen sei, Steine zu bemalen. Dabei vergeht die Zeit wie im Flug.

Nach anderthalb Stunden sind sich alle einig geworden, Josephas Steine werden im Kloster der Stadt zum Erwerb angeboten. Das freut sie sehr. Die erste Lieferung darf sie schon zu Ende des Monats liefern, das sind nur noch fünf Tage. Sie sucht die schönsten Steine aus ihrer Truhe und gibt sie in einen großen Karton. Josepha weiß, wenn der Verkauf gut läuft, kann sie wieder weitere Steine bemalen, diese sie allerdings erst am Fluss sammeln muss. Ihren Gefühlen gibt das noch mehr Aufschwung und Josepha ist voller Freude und Zuversicht. Sie freut sich auf ihr Tun und wünscht sich, das die Besucher des Klosters, die ihre Steine erwerben werden, auch so viel Freude damit haben, wie die Menschen, denen sie bereits einen Stein geschenkt hat.

Das Land der Liebe finden

Tim packt seinen Rucksack, denn er fühlt sich bereit, das Land der Liebe zu finden.

Schon lange quälen ihn die Gedanken, warum alles so ist, wie es ist und warum er wohl keinesfalls etwas daran ändern kann, das nämlich meint sein Freund Lars. "Nimm es so, wie es kommt", sagt Lars, jedoch Tim kann es so keinesfalls nehmen, denn er fühlt sich irgendwie unwohl.

Ständig scheint ihm ein Stein im Weg zu liegen, der ihn daran hindert, das er erfahren kann, was ihn so unwohl fühlen lässt. So empfindet er es jedenfalls und davon hat er die Nase gestrichen voll. Zu gern würde er endlich sein Leben führen, ohne diesen unsäglichen Stein. Ständig in Freude zu weilen, das muss doch zu machen sein, denkt er sich und träumt sich seine Zukunft schön.

Sein blauer Rucksack liegt fertig gepackt auf seinem Bett und er wird schwer daran zu tragen haben, was er doch alles als Wegbegleitung eingepackt hat. Lars sitzt auch auf dem Bett und schüttelt seinen Kopf, der seit neuestem eine andere Frisur trägt. Er erhebt sich, geht ums Bett und hebt den Rucksack mit einer Hand an, um ihn dann wieder fallen zu lassen. "Also du meinst ja immer, du hättest schwer am Leben zu tragen, jetzt glaube ich dir das." sagt er mit ernster Mine und setzt sich wieder, dieses Mal gleich neben den Rucksack. Tim sortiert im Schrank etwas hin und her, als hätte seine Suche nach dem Land der Liebe im

Schlafstubenschrank bereits seinen Anfang genommen. "Wieso?" fragt Tim, ohne sich dabei umzudrehen und Lars antwortet, "Na hör mal. Was hast du denn alles eingepackt? Also mir wäre das, viel zu viel Gedöns. Du brauchst doch nur Unterwäsche und einen Pulli, vielleicht noch eine Hose. Heute kann man doch überall waschen oder waschen lassen." Tim ist immer noch mit dem Inhalt des Schrankes beschäftigt und antwortet "Ja. Kannst du ja machen. Du weißt doch, wie es geht." Lars stutzt. "Hä? Was weiß ich? Wie was geht? Drehst du dich auch mal wieder um?" Tim atmet laut aus. "Was ist denn?" fragt er genervt. "Ich meine ja nur, mir wäre das hier zu viel." sagt Lars mit einem unterschwelligen Ton und meint Tim weiß immer noch keineswegs, um was es Lars geht und Lars ergänzt "Hier dein Rucksack,

Mensch." Tim will gerade einen Schritt zum Bett zu gehen, stockt, guckt Lars unverständlich an und fragt "Was willst du denn von mir? Am besten du gehst jetzt. Ich habe noch zu tun, auch mit mir selbst. Also, jetzt, bitte." dabei schaut Tim mit etwas aufgerissenen Augen zur Tür. "Wie freundlich du mich rausschmeißt. Das hatten wir ja auch noch nie." bei diesen Worten erhebt sich Lars vom Bett und geht zur Wohnungstür. Als er bereits im Flur seine Schritte tut, sucht Tim weiter im Schrank und Lars verabschiedet sich beim Gehen zur Tür "Gute Reise. Lass mal bei Gelegenheit etwas von dir hören." Dann fällt die Tür ins Schloss und Tim ist allein in seiner Wohnung.

Was er auch immer im Schrank ge-
sucht, es hat wohl wo anders seinen
Platz. Er lässt Luft ab und blickt auf
den gepackten Rucksack, in den kein
paar Strümpfe mehr passt. Und wie
er so sitzt und guckt, denkt er sich
"Mit dem Kram, will ich in die Welt?
Ich brauche doch nur mich und meinen Verstand." Er macht den Rucksack auf und holt erst die oberen Sachen heraus, so das man annehmen
könnte, er schaut nach, ob er das,
was er im Schrank suchte, vielleicht
doch bereits im Rucksack hätte, doch
nach und nach landet alles wieder
auf dem Bett. Den leeren Rucksack
stellt er wieder in den Schrank. Ob er
diesen suchte, obwohl er schon gepackt war?

Die ausgepackten Sachen lässt Tim
auf seinem Bett liegen. Er nimmt seine Plastikkarte und etwas Kleingeld
aus seinem Portemonnaie und steckt

es sich in die Hosentasche seiner Jeans, nimmt seinen Schlüssel geht zur Tür hinaus, schließt danach ab, läuft die Treppen im Haus hinunter zur Haustür und setzt seine Füße auf die Straße. Auf dem Bürgersteig bleibt er jedoch kurz vorm Haus stehen.

"Mist, hätte ich mir auch einfacher vorgestellt." brummt er und sieht den Menschen zu, die auf der Straße ihrer Wege gehen. "Mein Gott dieses Gehetze! "Was tun wir Menschen uns nur selbst an?"mit diesen Gedanken fasst er in seine Hosentasche, um zu fühlen, ob er das Geld noch einstecken hat. Dabei denkt er an Lars, der ihm von seinem Friseurbesuch erzählte. "Mutig. Mutig, ist ihr Freund." erzählte Lars ihm, das hat die Friseuse gesagt, als Lars ihr von Tims Vorhaben erzählte. Und Tim befiel vor ein paar Tagen noch, so eine Art, kleinerer Größenwahn, von dem jetzt gerade, jede Spur fehlt. Noch immer steht Tim wie angewurzelt auf dem Bürgersteig, und fragt sich, wenn es jetzt beginnen würde in Strömen zu gießen, ob er losgehen würde, oder doch eher zurück in seine Wohnung. Er hat darauf keine Antwort, kommt sich gerade ziemlich dämlich vor und entscheidet sich deshalb, vorwärts zu gehen. Er schaut kurz nach links zur Kreuzung, die unweit des Wohnhauses ist, in dem er seine Wohnung hat und dann nach rechts, die Straße einfach entlang. Und weil er keine Ahnung hat, was mit ihm gerade los ist, und was er wohl wirklich will, geht er zur Kreuzung vor, mit dem Gedanken, "Dort kann ich mich ja dann noch einmal entscheiden, in welche vier Richtungen ich meinen Weg fortsetzen werde."

Für die Zeit von fünfzig Schritten, das ist der Weg bis zur Kreuzung, fühlt es sich für Tim erst einmal gut an. An der Fußgängerampel geht er geradeaus weiter, so als weiß er nun, wohin er müsste.

Auf dem klein gepflasterten Bürgersteig kommt ihm unter anderem ein älterer Herr entgegen. "Entschuldigung." beginnt Tim zu sprechen, doch dieser geht an Tim vorbei. "Nun bleiben sie doch bitte einmal kurz stehen!" ruft Tim ihm nach und ist enttäuscht, doch er möchte seinen Kopf keinesfalls hängen lassen. Dennoch stellt Tim fest, der Anfang seiner Reise hätte besser sein können.

Kurz entschlossen und mutig spricht er die nächste Passantin an, eine Dame mittleren Alters. "Junge Frau." beginnt Tim und als wenn sie genau wüsste, was nachkommen würde,

schaut sie sofort auf ihre Armbanduhr. Tim verdreht seine Augen.
"Nein." fährt Tim fort "Ich möchte
keine Uhrzeit wissen, schauen sie,
ich habe selbst eine Armbanduhr."
dabei streift er seinen linken Ärmel
etwas nach oben. "Oh. Ok. Ja, was
möchten sie dann?" spricht die Frau
etwas unsicher und Tim tritt von einem Bein auf das andere und weiß
kaum so recht, wie er seine Frage
richtig stellen soll. "Also ich falle
gleich mit der Tür ins Haus. Ich ma-
che keinen Witz und sie sollten auch
keinesfalls lachen" beginnt er und
setzt fort "Kennen sie das Land der
Liebe?" Etwas irritiert und auch ver-
wundert schaut die junge Frau Tim
an, zieht ihre Augenbrauen hoch und
ihre Mimik verrät Tim, sie hat kein
Interesse eine Antwort zu geben.
"Wieder die Frage falsch gestellt."
denkt Tim, doch tröstet sich mit dem

Gedanken, "Es wird mich schon noch jemand verstehen."

"Entschuldigung. Das Land der Liebe, wissen sie rein zufällig, wie ich es finden kann?" spricht Tim einen Mann an, der ihm, wie so einige Menschen gerade und auch schon die ganze Zeit entgegen kommen. Der Mann bleibt tatsächlich stehen und stutzt "Sie machen Quatsch?" Tim schüttelt seinen Kopf und erwidert entschlossen "Nein. Ich gehe seit Jahren schwer arbeiten. Ich habe eine Wohnung, Möbel stehen darin. Ich esse, ich schlafe. Ich habe einen besten Freund. Und doch, mir fehlt etwas!" Der Mann hört ihm zu und antwortet lächelnd "Eine Frau wahrscheinlich, junger Mann!" Doch wie aus der Pistole geschossen gibt Tim zurück "Nein. Dann würde ich doch das gleiche immer noch tun, nur wären wir dann Zwei. Das kann keineswegs das

Land der Liebe sein, das ich meine?"
"Na ein anderes kenne ich keinesfalls! Tut mir leid. Da müssen sie
noch wen anderes fragen." Mit diesen Worten setzt der Mann seinen
Weg fort, und Tim auch. Beim Gehen
denkt er über die Worte des Mannes
doch noch einmal nach, und instink-
tiv wechselt er die Straßenseite, um
dann in eine andere Straße einzubie-
gen.

Nach einigen Metern passiert er die
Fußgängerpassage. Hier sind viele
Geschäfte ansässig. Sie ist sehr schön
gestaltet, sogar mehrere kleine
Springbrunnen gibt es hier und im
Sommer ist sie noch mehr besucht,
als in den kälteren Jahreszeiten. Vor
dem Eingang zwei nebeneinander
liegenden Geschäften spielen vier
Kinder, Fange. Sie scheinen in ihrer
Freude, wie eingeschlossen. Sie la-
chen und laufen, haben Spaß beim

Spiel und keiner stört sie dabei. Tim denkt kurz an seine Kindheit zurück, diese Unbefangenheit ist ihm abhanden gekommen. Diese Unbekümmertheit, die einem Kind innewohnen kann, wo ist sie geblieben? Er glaubt, das müsste er wieder für sich entdecken. "Ist das, das Land der Liebe?" fragt er sich in diesem Moment. Er fühlt, er jagt irgendetwas hinterher. Der Liebe? Ein paar Schritte nur entfernt von ihm, stehen einige Bänke. Er geht dorthin und setzt sich auf eine und hält inne. Etwas macht ihm Angst, er fühlt das. Er ist die Auseinandersetzung mit sich selbst. Mit dem, was er gern möchte. Mit dem, was ihm wichtig ist. Und stellt gerade fest, er hat seinen Weg aufgenommen, sonst wäre er wohl zu Hause geblieben. Das beruhigt ihn zuerst, doch was nun? "Muss ich etwas tun, um das Land der Liebe zu finden,

oder komme ich einfach ohne An-
strengung dorthin? Kann ich es nur
finden, wenn ich mich bewege, oder
findet es mich nur, wenn ich ruhe?"
Fragen über Fragen stellen sich Tim.

Nur wenige Minuten verbringt Tim
auf der Bank allein, dann setzt sich
eine ältere Frau zu ihm. Sie lächelt
Tim an und tut sich etwas schwer,
auf der Bank Platz zu nehmen. "Etwas schwierig, ich bin in die Jahre gekommen. Früher saß ich auch gern
allein, wenn ich etwas zum Grübeln
hatte. Aber, bis zur nächsten Bank,
ist es noch ein Stück und ich möchte
gern ausruhen. Ist es ihnen recht,
das ich mich zu ihnen setze?" fragt
die Frau freundlich nach. Tim erwacht aus seiner Nachdenkphase
und mit leiser Stimme antwortet er
"Um Gottes Willen. Alles gut. Alles
gut. Natürlich bleiben sie gern sitzen.
Es ist ja keineswegs meine Bank." Die

alte Frau schaut Tim von der Seite an und betrachtet ihn kurz.

"Wissen sie, wo das Land der Liebe ist?" fragt Tim und schaut dabei die Menschen an, die an beiden vorübergehen. "Nun, wissen sie junger Mann, ich glaube, das ist keinesfalls so einfach, wie sie sich das vorstellen. Wenn es dieses Land gäbe, wären wir ja alle gleich. Dann gäbe es einen Ort, einen Bahnhof, an dem wir aussteigen und schon wären wir im Land der Liebe, auch sie." Tim schaut nun auf die Frau, die mit ihm spricht. Und sie sagt weiter: "Doch so einen Ort gibt es nirgendwo. Aber schauen sie, das Land ihrer Liebe, das gibt es gewiss." Dabei tippt sie mit ihrem Zeigefinger auf ihre Herzgegend. "Darauf sollten sie hören, denn das führt sie, in ihr Land der Liebe." Tim fragt "Meinen sie eine Frau?" und die ältere Frau antwortet

"Ach Gott junger Mann, das müssen sie für sich herausfinden. Und wenn, sie auf ihr Herz hören, und sich keinesfalls davon ablenken lassen, dann werden sie gewiss erfahren, was das für sie heißen mag. Es geht doch um ihre Gefühle, ganz egal, was ein anderer dazu auch meinen mag. Es geht um ihre Gefühle, um das, was sie glücklich macht. Das kann ihre Arbeit betreffen, macht das, was sie tun, für sie Sinn? Es kann auch ihre Wohnsituation betreffen, fühlen sie sich dort wohl?

Es kann auch das Zwischenmenschliche betreffen. Einfach alles. Verstehen sie?" Es ist kurz Stille dann spricht die Frau weiter „Wissen, sie, sie müssen Mut haben, sich ihren Fragen zu stellen. Ihren eigenen Gefühlen. Manchmal glauben wir, am richtigen Ort zu sein, und haben nur Angst vor Veränderung. Dann jedoch können wir lange nach dem Land unserer Liebe suchen, es wird keines geben, nur, wenn wir mutig sind, unsere Unzufriedenheit, unsere Ängste, zu besiegen. Keine Angst, wir können uns die Zeit lassen, die wir dazu brauchen, aber wir sollten dennoch, so glaube ich, Schritt für Schritt vorwärts gehen. Und wichtig ist dabei, niemanden zu verletzten."

Dann ist es wieder für wenige Augenblicke still.

"Schwierige Kost." was sie da sagen, spricht Tim leise. "Ja, das Leben soll doch Freude bereiten." antwortet die Frau, lächelt und sieht Tim an. "Wissen sie, im Land der Liebe, wo alle gleich wären, würden wenige glücklich sein können. Jeder Mensch hat andere Träume, Wünsche, Vorhaben. Das würde nie klappen. Also ein Land der Liebe, wäre dann kein

Land der Liebe. Verstehen sie?" fragt sie ihn, schaut in seine Augen und nickt mit ihrem Kopf, abwartend was Tim ihr antwortet, er nickt ebenfalls, aber sein Blick geht zum Pflasterstein vor ihm auf dem Boden.

"Aber wenn zwei Menschen auseinander gehen, dann ist doch unweigerlich der andere verletzt. Wie meinen sie das denn, ohne einen anderen zu verletzten?" fragt Tim überlegend nach. "Na schauen sie, wenn zwei auseinander gehen, kann das unterschiedliche Gründe haben. Die Liebe ist verloren gegangen, oder einer der beiden hat sich weiterentwickelt und möchte einen anderen Partner bei sich haben. Das wären zum Beispiel zwei Gründe von vielen. Und wenn beim ersten Beispiel vielleicht, einer der beiden sich in jemanden anders verliebt und die Gefühle stabilisieren sich, weil es dem

Menschen gut tut und er in dem neuen Partner etwas sieht, was der andere Partner nie hatte, und der neu verliebte, das sich immer nur womöglich schön geredet hatte, nun aber bemerkt, das es ihm zum glücklich sein doch fehlt, dann muss der Mensch wohl auf sein Gefühl hören, jedoch nur, wenn er auch seinen Verstand dazu bemüht, denn sonst kann es auch schief gehen. Natürlich bleibt der andere Mensch erst einmal allein zurück und ist sicher verletzt, aber wenn es den anderen aus heiterem Himmel getroffen hat, oder wenn es schon vorher Probleme gab und diese nie aus der Welt der beiden geschafft wurden, bleibt es sicher kaum aus, das der sich wo anders besser aufgehoben fühlt, und wieder neu verliebt hat, seiner Wege geht. Das ist aber nie vorsätzlich, sondern durch sein Gefühl und durch

seinen besonnenen Verstand be-
gründet. Wissen sie junger Mann, ich
bin immer ganz gut damit gefahren,
andere so zu behandeln, wie ich es
mir für mich selbst wünsche."

Tim fragt freundlich nach "Wie würden sie es sich wünschen behandelt
zu werden?" Die ältere Frau lächelt
"Nun, auf jeden Fall immer anstän-
dig. Wenn jemand meint, ich bin ihm
zu nah getreten, dann darf er mir das
sagen, das würde ich sicherlich auch
tun. Wenn ein Mensch sich von mir
trennen wollte, weil ich mit ihm keine Augenhöhe mehr habe und zu-
rückgeblieben wäre, würde ich mich
wohler fühlen, er würde mir persön-
lich das sagen, damit ich es ändern
könnte und die Partnerschaft erhalten bleiben kann, auch die Liebe
könnte dann wieder neu erblühen.
Verstehen sie?" Tim nickt "Ja. Ja, ich
verstehe jetzt, was sie damit meinen,

einen anderen nie zu verletzten. Zu Anfang, machte ich mir Sorgen, weil ich dachte es geschieht ja unweigerlich, wenn sich zwei trennen, aber jetzt kann ich es verstehen." Die Frau nickt lächelnd. „Gut. Gut. Es wird mitunter immer einer zurückbleiben, der sich verletzt fühlt, aber der andere würde es so nie vorsätzlich tun, darum geht es doch. Er hat versucht mit dem zurückbleibenden zu sprechen und eine Lösung zu finden, wenn er ihm auch noch wichtig wäre. Ansonsten ist es ja so wie so zu spät. Gefühle sind Gefühle, man sollte nur achtsam damit umgehen. Und bei einer Trennung sollte man den zurückbleibenden ehrlich gegenüber treten, ihm keinesfalls etwas vormachen, denn das würde dann noch zu einer zusätzlichen Verletztung führen."

Und obwohl Menschen an ihnen vorbeigehen, fühlt es sich still an.

"Würden sie sagen, das man sich zu aller erst selbst erkennen muss, bevor man in die Welt geht?" fragt Tim. "Das kommt darauf an, was sie mit Welt meinen, junger Mann. Ich glaube wir können uns erst in der Welt selbst erfahren, also wer wir wirklich sind. Und ist uns die Welt zu groß, zu laut, was auch immer, können wir uns ja zurückziehen und uns im Stillen erfahren, wer wir sind, oder ob wir wirklich, der waren, der in der Welt so gehandelt hat, wie wir es getan haben. Meinen sie vielleicht ihre Selbstliebe, das sie sich zuerst Selbstlieben, akzeptieren, um einen anderen Menschen wirklich begegnen zu können? Wenn ja, da würde ich ihnen womöglich zustimmen, denn wenn wir das noch nie erfahren haben, kann es wieder zu Trennungen kommen."

Tim zieht seine Augenbrauen hoch, schüttelt leicht seinen Kopf und sagt, "Ich weiß es kaum noch. Ich weiß gerade keine Lösung, was richtig für mich ist."

Die Frau schaut gerade aus, aber sagt, "Wenn es so ist, kann ich ihnen nur den Rat geben, kommen sie zur Ruhe. Manchmal kommt die Lösung von allein, jedoch erfordert das Geduld. Wichtig ist nur, öffnen sie ihr Herz und lauschen sie ihren Gefühlen, junger Mann. Es kommt die Zeit, da werden sie die Lösung haben, glauben sie mir. " Dabei steht sie von der Bank auf, geht zwei Schritte vor und tippt mit ihrem Finger nickend, jedoch ohne ein weiteres Wort, auf Tims Herzgegend und geht davon.

Die letzten Worte der Frau klingen in Tim noch nach. Er sieht auf das vorüberziehende Treiben und als die Dunkelheit anbricht, macht auch er sich auf den Weg. Bevor er sich von der Bank erhebt, sieht er neben sich, dort wo die Frau saß, einen bunt bemalten Stein. Er nimmt ihn an sich und glaubt, er sei der Frau vielleicht aus ihrer Tasche gefallen. Den Stein zieren viele bunte Herzen, die an einem grünen Strauch hängen. "Auf mein Herz hören" denkt sich Tim beim Ansehen des Steines und steckt ihn in seine Hosentasche. Tim entscheidet sich nach Hause zu gehen. Dabei schaut er sich die Menschen unterwegs an, vielleicht sieht er die Frau noch und kann ihr den Stein zurück geben. Doch die Frau trifft Tim nirgendwo mehr an diesem Abend an.

Zu Hause angekommen, geht er als erstes ins Schlafzimmer, sieht seine ausgepackten Klamotten auf dem Bett liegen und schmunzelt. "Land der Liebe." sagt er und lässt sich ein Bad ein. In der Badewanne und immer einmal wieder, hat er über die Worte der Frau nachdenken müssen und erkannte, das er viel zu schnell im Leben unterwegs war und der Stein, der ihm scheinbar immer im Weg gelegen, ist dieses Mal bunt, und real.

Er taucht unter den Badeschaum und als er wieder auftaucht, schüttelt er seinen Kopf. Er sieht die Fliesen um sich, an denen der Badeschaum herunterläuft und denkt sich "Als Kind habe ich das auch gern gemacht, nur musste ich das Bad nie putzen. Ach was solls." und taucht erneut unter Wasser, um nach dem Auftauchen wieder seinen Kopf vom vielen Badeschaum zu befreien. Tim liegt entspannt im Wasser und fühlt, er hat einen guten Denkanstoß von der älteren Frau erhalten und er wird es beherzigen, dabei fällt ihm wieder dieser Stein ein, der so viele Herzen ziert.

Wie das Leben spielen kann

Es sind so viele Regentage in letzter Zeit vergangen, das Josepha viel Zeit hatte ihre neu gesammelten Steine wunderschön zu bemalen. Der Verkauf im Klosterladen läuft gut an und Josepha hat neue Farben gekauft. Sie lässt ihrer Kreativität freien Lauf und hat Freude dabei.

Manchmal, wenn sie in der Stadt unterwegs ist, wird sie auch schon von dem einen oder anderen angesprochen, weil man sie oft im Kloster sieht. Josepha erzählt dann, das sie ihre bemalten Steine dort verkaufen darf.

Einige ihrer Steine hat sie auch selbst behalten, sie schmücken die Fensterbänke, auf denen Josepha viele

Grünpflanzen stehen hat und manche Steine, die ihr besonders gut gefallen, dienen in einer schönen Schale, als Dekoration. Daran erfreut sich Josepha auch immer wieder.

In der Nachbarschaft, unweit von Josephas Haus, wird ein Haus verkauft. Die Besitzerin ist eine sehr alte Dame, die nun leider in den Seniorenstift wechselt. Es fällt ihr schon schwer, ihr Haus in andere Hände abzugeben. Geht Josepha einkaufen oder spazieren, kommt sie unweigerlich an dem Grundstück vorbei. Ein besonders schönen Stein, mit allerlei bunten Gezier, lässt sie in ein kleines Tüllsäckchen fallen. Sie bindet das Tüllsäckchen oben mit einer Schleife zu und geht seit Tagen das erste Mal wieder aus dem Haus. Es hat aufgehört zu regnen und die frische Luft genießt Josepha sehr. Als sie am Grundstück dieser alten Dame vorbei kommt, das verkauft werden soll, hängt sie das Tüllsäckchen an eine der Zaunlatten, in der Hoffnung Frau Rüdscher wird es schon sehen und Josepha geht weiter, ihr Weg führt sie zum See. Dort verweilt sie kurz auf einer Bank, geht den Seeweg entlang, der um den See führt, und anschließend wieder nach Hause. Sie hat festgestellt, wenn sie sich mehr bewegt, bleiben ihre Knochen geschmeidiger, ansonsten hat sie immer etwas Probleme, sich auf Bänke zu setzen, aber so bleibt sie gelenkiger.

Als sie in ihre Straße einbiegt, sieht sie schon Frau Rüdscher am Zaun stehen und denkt sich, das sie womöglich auf sie wartet, denn Frau Rüdscher weiß, das Josepha gern malt. "Guten Tag Josepha. Ist der von ihnen?" fragt Frau Rüdscher und hebt das Tüllbeutelchen mit samt Stein etwas hoch. "Ja, den wollte ich ihnen gern schenken, als Wegbegleiter. Wenn sie mögen, kann ich sie in ihrem neuen zu Hause auch besuchen kommen. "Frau Rüdscher lächelt und freut sich sehr über Josephas Angebot. "Das nehme ich gern an, ach das wäre ja schön. Da freue ich mich. Und den darf ich behalten?" fragt sie nach. Josepha nickt und sagt "Natürlich, der ist für sie." Frau Rüdscher erzählt nun, das sie Ende der Woche in ihr neues zu Hause ziehen wird und das sie sich nun langsam damit abgefunden hat, das sie ihr Haus verlassen wird. Josepha spricht "Das freut mich für sie Frau Rüdscher, ich kann mir vorstellen, wie es ist, nach so vielen Jahrzehnten, sein zu Hause verlassen zu müssen. Ich habe ja auch ein Haus, wer weiß, wie mir es einmal ergehen wird. Ich komme sie gern besuchen. Wie sind denn die neuen Hausbesitzer so?" fragt Josepha nach. "Sehr nett. Eine junge Familie, mit zwei kleinen Kindern. Für die ist der Garten schön. Sie haben mir versprochen, das sie mich auch einmal einladen werden, wenn sie hier eingezogen sind. Da bin ich ja gespannt." erzählt Frau Rüdscher freundlich. "Na, das ist doch nett und keinesfalls üblich. Das freut mich für sie." Mit diesen Worten verabschiedet sich Josepha und geht weiter die Straße entlang in ihr zu Hause.

Es vergehen wieder einige Tage und Josepha hat in dieser Zeit viele Steine bemalt, die sie in eine Kiste tut. Mit ihrem Fahrrad transportiert sie diese und fährt ins Kloster. Josepha hat es eilig, nimmt wie immer den Waldweg zum Kloster und lässt sich keineswegs abhalten, die Natur zu genießen. Dazu steigt sie vom Fahrrad und bleibt stehen. Die Ruhe wird kurz unterbrochen durch ein Lachen. Ein verliebtes Pärchen kommt des Weges. Hand in Hand, gehen sie den Waldweg entlang und überholen Josepha. "Na momentmal. Wir kennen uns doch? Erinnern sie sich? Wir beide auf der Bank, in der Fußgängerzone der Stadt?" fragt der junge Mann. Es ist schon ewig her. Josepha schaut und auf einmal erkennt sie den jungen Mann. "Sie sind der junge Mann, der das Land der Liebe finden wollte, und wie ich sehe, haben sie es gefunden. Guten Tag junge Frau." Die junge Frau lächelt und schaut zu ihrem Begleiter, der Josepha seine Hand reicht, mit den Worten "Tim, mein Name ist Tim und das ist meine Freundin Astrid. Guten Tag. Und, schauen sie." dabei holt Tim aus seiner Hosentasche einen Stein, mit vielen bunten Herzen, die an einem grünen Strauch hängen, hervor. Der lag auf der Bank, auf der wir gesessen haben, doch als ich ihn gesehen habe, da waren sie schon über alle Berge. Seit dem trage ich ihn bei mir. Und als ich mit dem Stein spielte, das waren einige Tage danach, ich saß auf der Bank vor dem Kloster, da lernte ich hier, dieses entzückende Wesen kennen." Dabei schaut Tim seine Astrid verliebt an. Josepha schüttelt ihren Kopf, als glaube sie Tims Worten kaum, doch schaut die beiden freundlich lächelnd an. "Das freut mich für sie beide. Dann haben sie gefunden, wonach sie suchten? " fragt sie nach und Tim nickt lächelnd. Er reicht den Stein Josepha, doch sie sagt "Nein, nein. Den habe ich dort extra liegen lassen. Das ist schon alles richtig so. Der gehört ihnen und möge er ihnen noch viel Freude im Leben schenken. Schauen sie hier." Josepha macht den Deckel der Kiste auf und die bunten Steine sind zu sehen. "Ach du meine Güte." kommt es aus Tim und er fährt fort "Sie bemalen die Steine selbst?" Josepha nickt zustimmend "Ja, das tu ich mit sehr viel Liebe. Und diese Steine bringe ich gerade in den Klosterladen, dort kann man sie erwerben."

"Das ist ja eine tolle Idee." sagt Astrid freundlich und Josepha erzählt "Ja, zuerst habe ich sie immer so verschenkt, ab und an, tue ich dies auch immer noch. Aber es sind zu viele und sie immer nur in der Kiste ungesehen zu lassen? Das ist mir auch zu schade. Dann kam mir die Idee mit dem Klosterladen und ich hatte Glück." Tim nickt und schaut Josepha freundlich an." So, jetzt muss ich mich jedoch sputen, ich muss noch bis zum Kloster, bevor der Laden schließt, sie warten auf meine Steinlieferung." sagt Josepha eilig und steigt auf ihr Fahrrad, "Ich freue mich, das wir uns wieder begegnet sind und das sie fanden, was sie suchten. Leben sie beide wohl." Astrid und Tim sind von Josephas unkomplizierten, sehr freundlichen Art so begeistert, das sie ihr zum Abschied hinterher rufen "Hoffentlich sehen wir uns bald wieder, es würde uns freuen!" Josepha steigt noch einmal vom Rad und ruft "Kommen sie mich doch einmal besuchen, nur wenn sie mögen. Große Salzgasse 4, Josepha Gerold."

Dann steigt sie wieder auf ihr Fahrrad und fährt geschwind zum Kloster.

Einige Wochen sind bereits wieder ins Land gegangen.

Es ist Samstagnachmittag und Josepha ist dabei sich einen Kaffee zu machen, da klingelt es an der Haustür. Sie stellt ihre Kaffeetasse, die sie gerade aus dem Küchenschrank heraus geholt hat, auf dem Tisch ab und geht zur Tür. Als sie diese auftut, ist ihre Freude groß, denn Tim und Astrid sind zu Besuch gekommen. Astrid überreicht Josepha einen schönen bunten Blumenstrauß, über den sie sich sehr freut. "Das passt ja, ich bin gerade dabei einen Kaffee zu machen, sehen sie meine Tasse steht schon auf dem Tisch. Aber kommen sie bitter herein", und sie führt sie vom Flur, aus dem sie in die Küche blicken kann, in die Wohnstube. "Bitte setzen sie sich, ich kümmere mich nur schnell, um die wunderschönen Blumen und um den Kaffee. Erzählen sie doch, haben sie gut hergefunden?" Dabei holt sie die

Vase aus der Küche und setzt mehr Kaffee auf. "Ja. Wir wohnen hinter dem Kloster, nach Nebbengrügg zu." spricht Tim und sagt weiter "Wir sind bis hierher gelaufen." Josepha bringt nun den Blumenstrauß in einer Vase und stellt ihn auf den Stubentisch, wo sie auch zum Kaffee eindeckt. "So, der Kaffee läuft durch und hier habe ich ein paar Kekse, greifen sie nur zu. Ach, dann sind sie ja einen weiten Weg bis zu mir gegangen. Ich weiß der Weg zum Kloster ist ja schon weit, ich fahre immer dem Rad, aber wo sie wohnen , ist ja dann noch einmal ein ganzes Stück vom Kloster entfernt." Tim stimmt ihr zu und Astrid sagt: "Es ist doch schönes Wetter und die Natur, um unsere Stadt herum ist so schön, das kann man dann richtig genießen." Josepha stimmt ihr zu "Ja. Das stimmt. Das finde ich auch. Ich steige immer vom

Rad und genieße die Aussicht auch, wenn ich den Weg zum Kloster nehme. So der Kaffee sollte jetzt fertig sein, ich hole ihn mal aus der Küche." Josepha steht aus ihrem Sessel auf und begibt sich in die Küche, wo der Kaffee schon fertig durchgelaufen ist. Mit der Kaffeekanne geht sie zurück ins Wohnzimmer und schenkt allen ein. „Bitteschön, Sahne und Zucker nehmen sie bitte, wie sie es möchten." sagt Josepha und alle drei trinken genüsslich ihren Kaffee und nehmen auch gern von den Keksen, die Josepha in einer schönen Schale auf den Tisch gestellt hat.

Bis zum späten Nachmittag, es ist schon nach 17 Uhr, plauschen sie miteinander und haben dabei die Zeit vergessen. Astrid macht Tim darauf aufmerksam, das es doch schon so spät ist, und sie nur zum Kaffee eingeladen sind, als Josepha in der

Küche, das benutzte Geschirr in die Spüle legt. Und als Josepha zurückkehrt in ihre Stube, danken Tim und Astrid ihr für den schönen Nachmittag, für Kaffee und Kekse. "Es war sehr schön bei ihnen Frau Gerold" bedanken sich Tim und Astrid und Josepha freut es. "Ich danke auch für den wunderschönen Blumenstrauß. Ich liebe Blumen. Kommen sie mir gut nach Hause, sie haben ja noch einen weiten Weg vor sich." Tim lächelt "Machen wir und würden sie uns denn auch besuchen, wenn wir sie einmal einladen?"

Josepha freut sich und sagt "Gern. Natürlich. Wenn sie mich einladen, komme ich sehr gern." Tim nickt und sagt "Ihre Anschrift haben wir ja und dann melden wir uns bei Ihnen, versprochen." Josepha freut das, das die jungen Menschen, sie einladen mögen und sagt "Gut, dann machen wir das so Tim." Tim und Astrid gehen aus dem Gartentor und schließen es danach. Beide winken Josepha noch einmal lächelnd zu und Josepha hebt auch ihren Arm und winkt auch zurück, dann geht sie in ihr Haus. Am Abend denkt sie noch einmal an den schönen Nachmittag zurück und wie nett die Plauscherei doch war.

Nach circa sechs Wochen erhält Josepha eine lustige Postkarte. Geschrieben haben Tim und Astrid, sie möchten Josepha gern einladen. Sie haben eine Telefonnummer mit angegeben und Josepha sagt so ihren Besuch telefonisch zu. Auch sie bringt den beiden etwas mit und miteinander verleben sie einen gemütlichen Nachmittag.

Josepha hat Menschen gefunden, die sie mögen. Ab und an besuchen Tim und Astrid sie, und dann laden die beiden Josepha wieder einmal ein. Und immer wieder, ist es allen eine Freude, wenn sie sich sehen und etwas Zeit miteinander verbringen.

Das Kinderheim der Stadt

Josepha erwacht aus ihrem Schlaf und ihr erster Blick geht zum Wecker. Es ist 7 Uhr morgens. Sie steht aus dem Bett auf und geht ins Badezimmer. Nachdem sie geduscht und angezogen ist, macht sie sich einen Kaffee. Dabei weilen ihre Gedanken, beim gestrigen Tag, als Hanna und Caroline zu Besuch waren. Das hat sie sehr gefreut, weil sie mit ihrem Besuch nie gerechnet hätte.

Josepha isst einen Keks zum Kaffee. Zum frühen Morgen mag sie kein herzhaftes Frühstück. Das Radio ist an und sie hört die Nachrichten um 7.30 Uhr, danach sucht sie aus ihrer Truhe, viele Steine heraus. Josepha hat heute 10 Uhr einen Termin im

Kinderheim. Der Leiter des Kinderheimes, Herr Rabnack hat Josepha vor Wochen schon einmal angeschrieben, ob sie denn Interesse hätte, in den Schulferien mit den Kindern gemeinsam Steine zu bemalen, er hätte von ihrem Tun, durch den Klosterladen Notiz genommen. Josepha war sofort begeistert und sicherte ihren Besuch zu. Um das die Kinder einen Eindruck erhalten, wie so ein Stein bemalt ausschauen kann, nimmt sie einige von sich mit ins Kinderheim.

Es ist 9.30 Uhr und Josepha macht sich auf den Weg. Mit ihrem Fahrrad fährt sie zum Kinderheim, das unweit des Kloster ist. Sie fährt am Wäldchen vorbei und steigt wie immer, wenn sie dort entlang radelt, vom Rad, um die Natur zu genießen. Die

Zeit nimmt sie sich immer, ganz egal wo sie auch gerade hin muss. Es tut ihr gut, die frische Luft am Morgen und der Sonnenschein, der noch etwas hinter einigen Wolken sich verbirgt, doch es wird ein schöner Tag.

Josepha kommt am Kinderheim an und Herr Rabnack erwartet sie bereits, obwohl Josepha pünktlich ist. Er begrüßt sie und sie finden beide gleich einen Draht zueinander. Josepha glaubt, sie muss sich nun, an eine große Tafel mit den Kindern setzten, doch so ist es keinesfalls. Die Kinder stehen start klar angezogen in Reih und Glied und auch Frau Mörenkrug steht bei ihnen. „Guten Tag, ich hatte geglaubt wir malen heute gemeinsam?" sagt Josepha liebevoll und Jonas ein siebenjähriger Junge antwortet „Wir müssen doch erst einmal Steine holen." Josepha lächelt und meint „Ach, ihr habt noch gar keine Steine gesammelt, na dann aber fix." Die Kinder toben und Frau Mörenkrug muss sie wieder etwas bändigen, versteht aber ihre Freude. So also gehen Frau Möhrenkrug und Josepha mit fünfzehn Kindern zum Fluss. Dort, wo sie sammeln werden, ist viel Ruhe. Das Wasser ist nur einen halben Meter hoch und am Flussufer liegen unzählige Steine, die sie alle aufsammeln könnten. Die Kinder haben großen Spaß dabei und Frau Möhrenkrug einen Rucksack und einen Korb für ein Picknick. Die Kinder müssen ihre aufgesammelten Steine alle selbst nach Hause tragen und das macht sie etwas stolz. Josepha erklärt ihnen, wie die Steine am Besten ausschauen müssen, damit sie später gut bemalt werden können.

Es ist ein lautes Unterfangen am Fluss, doch die Kinder haben Freude dabei. Auch Josepha freut es, sie ist noch nie mit so vielen Kindern unterwegs gewesen. Sie findet es abenteuerlich, auf was die Kinder alles so kommen, wenn sie sich unbeobachtet unterhalten.

Nach einer gewissen Zeit des Suchens bittet Frau Möhrenkrug alle, die Hunger haben an den Tisch. „Aber hier ist doch kein Tisch." ruft Fabian laut und Frau Möhrenkrug sagt „Warte nur ab Fabian. Du wirst schon sehen." Sie holt ein großes Tischtuch aus dem Korb und legt es auf den Rasen. Dort darauf stellt sie die leckeren Sachen. Wassser, Saft, Brote mit Wurst und Käse belegt. Es sieht appetitlich aus und keineswegs nur der kleine Fabian staunt über den Tisch, den Frau Möhrenkrug gezaubert hat. Es sind fast zweieinhalb Stunden vergangen und jedes Kind hat ein paar Steine aufgesammelt, die es nun nach Hause trägt. Im Kinderheim wieder angekommen, können sie es kaum erwarten, das sie ihre Steine bemalen können. Doch Josepha sagt ihnen, das sie die Steine alle zuerst gut abbürsten müssen, bevor sie bemalt werden können. Das finden die Kinder erst einmal langweilig, aber als sie mit dem Wasser in Berührung kommen, können einige von ihnen es keineswegs lassen, herumzuspritzen, so sehr, das sie fast vergessen, das sie Malen wollen.

Als Frau Möhrenkrug sie zur Ordnung ruft, ist es gleich stiller und sie kommen der Aufforderung nach. Dann sitzen alle an der großen Tafel, auf der viele Farben und Pinsel, auch anderes Malwerkzeug, ihren Platz gefunden haben und auch Josepha nimmt erst einmal ihren Platz ein. Jetzt stellt sie sich erst einmal mit ihrem Namen vor und erzählt in ganz kurzen Zügen, wie sie zum Malen gekommen ist. Und nun geht es los.

Sie leitet die Kinder an, das sie sich zuerst überlegen, was sie gern malen würden. Der eine ein Tier, der andere ein Pflanze, wieder ein anderer ein Baum, ein See, ein Haus, ein Auto, einen Teddy, was auch immer, und dann sollten sie überlegen, wie die Grundfarbe des Steines aussehen sollte. Dazu wäre gut zu wissen, was sie dann darauf zeigen wollen. Marina, ein Mädchen an der Tafel, sie ist sechs Jahre, fragt warum das wichtig ist und Josepha fragt sie nach ihrer Lieblingsfarbe. „Blau." sagt Marina und Josepha antwortet „Nun schau, du malst deinen Stein mit Blau an und du möchtest einen blauen See darauf malen. Was meinst du wie das aussieht?" Marina sieht zur Decke und überlegt und in der Zeit antwortet Fabian „Den See sieht man kaum, weil ja das Wasser auch blau gemalt wird." Josepha staunt und antwortet „Genau, so ist es. Also Marina überlege dir, was du malen möchtest und welche Farbe es haben soll, dann kannst du die Grundfarbe dazu aussuchen. Aber ich helfe euch sehr gern, dafür bin ich ja da." Die Kinder lächeln, schnattern unterein- ander und legen los.

Als erstes malen sie alle ihre Steine mit nur einer Farbe an, dann muss die Farbe erst antrocknen, und Jose- pha rät ihnen, ihr Motiv, was auf den Stein, als weiteres gemalt werden soll, auf ein Blatt Papier in der Zeit zu malen, so wird es keineswegs lang- weilig. Die Kinder nehmen den Rat Josephas an und sind voll in ihrem Element. Buntstifte gehen hin und her und manch Blick fällt zu dem Kind, das neben ihnen malt, um zu sehen, wie es bei ihm voran geht. Auf der langen Tafel liegt alles durcheinander. Bunte Malfarben, Buntstifte, jede Menge Steine, Papier, Radiergummi, Bleistifte, Pinsel, Wassernäpfe, und die Hände der Kinder sind bereits in Farbe getaucht, wie ihr Stein. Josepha sieht sich jeden Stein an und jedes gemalte Bild und ist begeistert, mit wie viel Freude die Kinder bei der Sache sind. Als die Grundfarbe angetrocknet ist, geht es weiter. Jetzt kommt der schwierigere Teil des Malens. Fabian, hat einen Baum gezeichnet und Marina, eine Ente. Tobias und Torben haben beide eine Brücke gemalt, und Jenny eine Puppe und auch die anderen Kinder haben schöne Bilder vor sich liegen, die sie nun auf den Stein bringen müssen, mit Pinsel und Farbe. Das ist sehr schwer. Da Josepha, das aber schon vorher ahnte, hat sie dem Kinderheim zu verschiedenen Malwerkzeugen geraten, so wie sie es benutzt. Mit dem, kann man in die Farbe tauchen und verschiedenen Punkte malen, in dem man es einfach nur in die Farbe taucht und danach auf den Stein drückt. Es ist ein anderes Arbeiten, als mit dem Pinsel und für die Kinder ist es womöglich etwas einfacher. Sie versuchen sich auch daran, und es gelingt ganz gut. Wie ein Kind eben so malt.

Alle Kinder haben Spaß dabei und stehen auch auf, um sich die Werke der anderen anzusehen, es ist ein buntes Treiben an der Maltafel. Auch Josepha hat Freude dabei, obwohl sie es mit so vielen Kindern noch nie aufgenommen hat und sie ist ja auch keine Zeichenlehrerin, ihr macht es einfach auch nur Freude, Steine zu bemalen. Es vergehen Stunden im Kinderheim. Am Ende haben alle mindestens einen Stein fertig, die anderen werden sie irgendwann einmal selbst bemalen. So viel Freude es Josepha auch macht, ist sie dennoch etwas geschafft von dem Tag mit den vielen Kindern, doch ist es für sie, eine schöne Erfahrung.

Frau Möhrenkrug und Herr Rabnack verabschieden sich von Josepha, nach dem sie sich von den Kindern verabschiedet hat und bekunden, wie schön es doch war, das sie sich den Kindern so angenommen hat. Herr Rabnack sagt auch noch „Wissen sie, wir haben vor, noch mehr Steine zu bemalen, und diese dann an einem Nachmittag bei einem Basar, zum Verkauf anzubieten. Den Erlös werden wir dann wieder in Spielsachen, vielleicht auch in Malsachen investieren. Wir schauen mal ob es uns gelingt. Sie haben uns sehr geholfen. Wir würden sie gern dafür am Sonntag zum Kaffeetrinken einladen. Wir organisieren eine große Tafel, mit Kaffee und Kuchen und für die Kinder, Tee und Säfte. Mögen sie denn kommen?" Josepha ist gerührt, nur weil sie den Kindern etwas beim Malen geholfen hat, aber sie sagt der Einladung gern zu. Das freut Herrn Rabnack und er sagt ihr „Das freut mich sehr. Dann sehen wir uns am Sonntag 15 Uhr, hier im Kinderheim. Ich freue mich und die Kinder gewiss auch." Josepha bedankt sich noch einmal für die Einladung und schwingt sich auf ihr Fahrrad. Am Waldweg steigt sie ab und stellt ihr Fahrrad auf. Sie setzt sich in das Gras und schaut in die grüne Natur, die sehr üppig blüht. Nach 15 Minuten erst, steigt sie wieder auf und fährt nach Hause. Sie stellt ihr Fahrrad in den Schuppen und geht in ihr Haus, zieht ihre Schuhe aus und Hausschuhe an und denkt sich „Was für ein Tag. Anstrengend, aber dennoch schön." Sie setzt sich in ihren Lieblingssessel und denkt über den ereignisreichen Tag nach. Da fällt ihr ein, dass das Kinderheim einen Basar machen möchte und denkt „Vielleicht sollte ich einige meiner Steine auch dazu geben. Ob es Herrn Rabnack gefallen würde. Ich sollte ihn wohl vorher fragen." So nimmt sie sich das Telefonbuch vor, sucht die Nummer des Kinderheimes heraus und ruft Herrn Rabnack an. Dieser ist erstaunt, von Josepha schon wieder zu hören und lässt Josepha aussprechen und als sie ihm ihr Angebot unterbreitet hat, ist er Feuer und Flamme und bedankt sich bei ihr „Frau Gerold, da werden wir am Sonntag eine richtige große Torte besorgen. Was mögen sie denn gern? „ Josepha lacht ins Telefon „Na sie erst wieder

Herr Rabnack." Doch Herr Rabnack meint „Nein. Nein. Sie dürfen sich ihre Torte wünschen oder mögen sie lieber Kuchen?" Josepha bemerkt nun, das er es durchaus ernst meint und sagt „Wenn das so ist, ich esse sehr gern Apfelkuchen mit dicken Streuseln." Herr Rabnack nimmt es gern zu Kenntnis und verspricht, das sie ihren Kuchen genau so bekommen wird. Danach beenden sie das Telefonat. Josepha setzt sich zufrieden in ihren Lieblingssessel und nickt ein.

Von Marion Jana Goeritz ebenfalls beim Verlag BoD erschienen (BoD Books on Demand, Norderstedt, nähere Informationen finden Sie unter www.BoD.de)

„Liebe für die Seele Band 1"
ISBN 978-3-7357-4045-8

„Liebe für die Seele Band 2"
ISBN 978-3-7357-7734-8

„Seelenweiß"
ISBN 978-3-7347-5769-3

„Seelen essen Liebe gern"
ISBN 978-3-7347-8706-5

„SeelenEngel"
ein spiritueller Erfahrungsbericht
ISBN 978-3-7386-2588-2

„SeelenSchlüssel"
ISBH 978-3-7386-3844-8

„Seelenfarben"
ISBN 978-3-7386-3947-6

„Seelenschimmer"
ISBN 978-3-7386-4014-4

„Seelenfinden"
ISBN 978-3-7386-4037-3

„Ein Gefühl meiner Seele"
ISBN 978-3-7386-1506-7

„Seelenfrieden" Danken, Bitten, Entspannung ein persönlicher Erfahrungsbericht
ISBN: 978-3-7386-4884-3

„Seelenweihnacht"
ISBN: 978-3-7386-5616-9

„Im Land unter dem Regenbogen" Wunderbare Märchen und unglaubliche Geschichten
ISBN: 978-3-7392-0115-3

„Freddy und seine Geschichten"
ISBN: 978-3-7386-3321-4

„SeelenWorte"
ISBN: 978-3-7392-0455-0

„Herzanker"
ISBN: 978-3-7392-3482-3

„Im Fluss der Liebe"
ISBN: 978-3-7392-3489-2

„Seelenklänge"
ISBN: 978-3-7392-3532-5

„Liebeslied"
ISBN: 978-3-7392-3548-6

„Wahre Traumtänzerin"
ISBN: 978-3-7392-3556-1

„Emilia Sommerfeld"
ISBN: 978-3-7392-3787-9

„Für mich war es Liebe"
ISBN: 978-3-8423-5362-6

„Kaleidoskop"
ISBN: 978-3-8423-5738-9

„Die verzauberte Wiese"
ISBN: 978-3-7412-0772-3

„Seelenbrücke"
ISBN: 978-3-7412-0890-4

„Wetterleuchten"
ISBN: 978-3-7412-2740-0

„Zentrifuge"
ISBN: 978-3-7412-4011-9

„Für Dich"
ISBN: 978-3-7412-4018-8

„Hannos Geschichten"
ISBN: 978-3-7412-9373-3

„Das Eulenherz"
ISBN: 978-3-7431-0009-1

„Eine Reise irgendwo hin"
ISBH: 978-3-7421-0042-8

„Ist das wirklich wahr?"
ISBN: 978-3-7431-1549-1

„Stille Momente"
ISBN: 978-3-7431-1586-6

„Engelszwirn"
ISBN: 978-3-7431-1594-1

„Anders"
ISBN: 978-3-7448-3582-4

„Wenn es spricht"
ISBN: 978-3-7448-3583-1

„Jonas und die Himmelsleiter"
ISBN: 978-3-7448-5452-8

„Farbenregen"
ISBN: 978-3-7448-5453-5

„Wellenfarbe"
ISBN: 978-3-7448-7311-6

Blanchefleur
ISBN: 978-3-7448-7415-1

„Winterzauber"
ISBN: 978-3-7448-9885-0

„Seele was denkst du dir?"
ISBN: 978-3-7448-9937-6

"Der Südwind
der aus dem Norden kam"
ISBN: 978-3-7448-8206-4

"Erinnerungsblick"
ISBN: 978-3-7460-1281-0

„Mosaik" Gefühle und Gedanken
Gedichte
ISBN:978-3-7460-1320-6

„Begegnung"
ISBN: 978-3-7460-9595-0

„Sternenozean"
ISBN:978-3-7460-9685-8

„Himmelsstern"
ISBN: 978-3-7528-5012-3

„Mut verspricht Lebendigkeit"
ISBN: 978-3-7528-5071-0

„Liebeswort-Gedichte"
ISBN: 978-3-7528-6639-1

„Wenn Schiffe wandern"
ISBN: 978-3-7528-6655-1

„Bunte Federstriche" Gedichte
ISBN: 978-3-7481-0960-0

„Himmelblau und Sonnenreich"
Tierseelengeschichten
ISBN: 978-3-7481-3289-9

„Durchreisen"
ISBN: 978-3-7386-5903-0

„Grüne Traummusik"
ISBN: 978-3-7392-4925-4

„Bewegung"
ISBN: 978-3-7481-4013-9

„Wolken am Himmelsrand"
ISBN: 978-3-7494-8219-1

„Schrittweise"
ISBN 978-3-7448-0116-4

„Das grüne Kleid im Labyrinth"
ISBN: 978-3-7504-0490-8

„Zweiundzwanzig Wegboten"
ISBN: 978-3-7504-0676-6

„Lamberts schönster Wunsch"
ISBN: *978-3-7504-5232-9*

Weitere Informationen zu allen meinen Büchern oder zu Neuerscheinungen finden Sie immer auf meiner Seite

<u>www.buchkaleidoskop.Reikipraxis-Goeritz.de</u>